JN110920

黄昏の星

真伏博士
MABUSE HIROSHI

幻冬舎 MC

黄昏の星

目次

あの夏の星の海

私が声変わりするすこし前のことだ。

祖父は、若い時分は宇宙船の操縦士だった。客船でも武装船でもなく、ちいさな恒星間の運搬船を持って仕事をしていたのだが、ロケット乗りには違いない。その後いろいろな仕事を転々とし、そのころはもう、利息と年金で悠々自適の生活を送っていた。

それまで年に一度程度しか会ったことのないこの母方の祖父については、むしろ父が私に、よく話をした。ロケットに乗っていたことなどはすべて父から聞いたのである。母は、自分の実の父であるのに、祖父に関して口にすることはほとんどなかった。私が彼女の気に入らないことをした時など、奇妙な目で私を見て「おじいちゃんみたい」とか、血は争えないとかつぶやくくらいだった。

祖父の家は辺鄙なところにあった。ある都市から、一面の風力発電と光発電の畑になったかつての住宅地を越え谷間に入り込んでいった一帯は、もともとが何かの鉱山だった。その後地形を利用した遊園地に一時期なっていたらしい。施設間はドローンで繫がれ、枠組みが新建材で長持ちするというジェットコースターが谷を跨いで走り、売り物は深い採掘坑を利用した無重力マシンだったという。宇宙を実際に渡航するには金がかかるし、リスクもある。十分な金はなく、宇宙に上がるにはちょっと臆病で、それでも仮想体験だけではあきたらないという人々に、景気のいい時期に計画が立てられたものだったのだが、その想定対象群が列を作ってここまでくるわけもなかった。採掘坑はその後水をためて冒険ダイビングに使うと発表されたそうだが、それきりになった。

結局は施設が残ったまま雑草の茂る荒れた谷間に放置されて、これを祖父が買い取った。縦穴は埋め潰し、上流で暗渠(あんきょ)にされていた川を再び地表に通し、一帯に植樹をした。

私の記憶に残っているのは、尾根近くの祖父の家である。丸太と硬化ガラスを多用したその家は、ジェットコースターのレールだけが撤去されずに残る緑の谷を見下ろして、眺めも風通しも大変良かった。広くて静かな以外何の役にも立たないと笑っていたが、広くて静かな以外に祖父に何が要ったとも思えない。

家には谷の側に10メートル四方ほどの張り出しがあった。風のある夕方には、私は、安楽椅子にそっくり返って向こうの山に落ちる陽をぼんやり見ていたものだ。張り出しの下は急斜面で、背の低い木がせせらぎというにはすこし広いくらいの川まで続く。あちこちで急に流れてはよどみ、蛍もでる、渓流釣りにはちょうどよく仕上がった川だった。私は祖父とよく釣糸を垂れた。魚が居つくまでずいぶん苦労したそうだ。張り出しから谷までは簡易式のロープウェイが設置されて、その籠が、唯一の釣り客である我々を乗せて行き来していた。

その後数年にわたって私は毎夏祖父のところで過ごすことになるのである。

はじまりは父の事業の失敗だった。たまに帰ると顔色も悪くあまりゆっくり話をしようとしない父のことを、何となくおかしいと私が思っているうちに、母はかつての実績と資格とコネを活用して専門学校の講師におさまってしまった。

ある日、父は帰ってこなくなった。しばらくして、学校から帰ると荷造りがもう済んでいて、私は茫然としたまま、母とともに母の職場の近くに引っ越した。トラックについて走る車の中で、彼女は、父の現状と離婚について口にした。転校はそのついでにひとこと言われただけだった。

夏休み前、母が、休みが始まったらすぐおじいちゃんのところへ行きましょうとさりげなく私に言った。顔を見ると目をそらした。引っ越す前の友人のところに遊びに行きたいとは結局口に出せなかった。

着替えを詰め込んだ旅行鞄を引きずって、飛行機からレンタカーに乗り換える。派手さのない白いシャツと灰色のパンツを穿いた母の運転で、発電畑を通り、丘から尾根伝いに祖父の家に辿り着いたのは夕方近かった。車が家の前の広い車止めに着くと、知らせた気配もないのにがっしりして背の高い人影が出てきた。運転席の母は運転席のウィンドウをおろしながら、後部座席の私に、荷物持って降りなさいと言った。後部ドアが滑るように開き、湿った外気が入る。

「儂はこういうのは好かんぞ」

祖父は、渋い顔で運転席を覗き込み、のっけから母に言い放った。

「お父さん、そんな言い方、可哀相じゃないの」

うすい紫の半袖に白っぽいズボンを穿いた祖父は、荷物を引きずり下ろしたまま後部ドアのそばに立ちすくんでいる私のところへ来て、鞄を持ち上げた。日に焼け、父よりも動きがよい。

「好かんのはおまえのやり方で、それこそ、この子が可哀相じゃないか」

不興げに鼻を鳴らしながら祖父は私を家に促した。家に向かう我々に母の声が聞こえた。

「私は可哀相じゃないというの」

祖父は答えず、居間に鞄を下ろした。

「冷蔵庫を見て、何か飲んでおいで」

「うん」

居間の隣の台所の隅の冷蔵庫を覗き込んでいると、家の外から母が私を呼んだ。返事だけして物色を続けると、しばらくして、すこし高いトーンで再び私を呼ぶ。祖父が家に入らんかと居間から声をかけると、もう帰るから、と答えた。

私は驚いて戸口から出た。母は運転席から、もっともらしい顔で私を見た。

「おじいちゃんを困らせないのよ」

「もう帰るのか」

祖父が呆れ顔で出てきた。母は首をすくめた。

「ここは飛行禁止区域の奥だから車で来なくちゃいけないでしょ、時間がないのよ。夏休みのおわりに迎えに来るわ」

彼女はさっさと去っていってしまった。祖父は苦り切っていたが何も言わず、私の肩をだいて家に戻った。

母は祖父と会う時は、いつも身構えていた。私が見ていてそれがわかるということは、むしろ、祖父に対して気を抜いていたのかもしれない。母が仕事関係のひとといるのに立ち会った時、私が滅多に見ないような笑顔で応対していて、感心することがあった。

その笑顔は、私にもたまにはたいへん効果的に使われた。成人してずいぶん経つまで、母が私を愛してくれているのか疑問を持ったこともなかった。

母は、自分の持つ愛情の量がよくわかっていたのだと思う。それをよくコントロールして私を育ててくれた。

祖父の家には、数日に一回、ハウスキーパーがやって来る。辺鄙な場所まで来てもらうのにずいぶんな金を払っていたのだろう。たいがいは同じちょっと太った女性だったが、若い男のこともあった。掃除と洗濯をし、冷蔵庫のものをチェックし、簡単な食事を冷凍しておいてくれる。燃やしたり埋めたりできない塵芥はワゴンに載せて帰っていく。

到着して数日、私をどう扱っていいか祖父にはわからなかったのだろう。私は午前は夏休みの課題に費やした。風通しのいい居間のテーブルにタブレットを置き、それを必要があったら壁面モニターに拡大した。祖父は後ろで時々居眠りしながら、勉強をみるというより、見張るのだった。居間には暖炉があったが、使っていたかどうかはわからない。その上に、私や母の姿のプリントアウトが額に入って並んでいた。ハウスキーパーはそのうえの薄い埃までは払っていなかった。

午後には祖父は昼寝をした。残りの時間で、祖父は、チェスしたり紙の本を読んだりする。

ウェアラブルディスプレイのついたメガネで何か観たり、誰ともわからない相手と世間話をしたりもする。居間いっぱいの音で音楽をかけたり、壁面モニターでドラマやスポーツを観ることもあった。

この調子で過ごす祖父のそばで邪魔にならないよう、手元で子供向けプログラムや本をみていたのだが、これでは飽きてしまう。

陽が傾くころに張り出しに出て、谷をみていると、祖父が出てきた。

「広々としているだろう」

谷には、白いレールが張り巡らされている。

「あれは何」

「昔の遊園地の名残りでな、結構しっかりできているから勿体なくておいてある」

何が勿体ないのだろうと思いながら私は谷を眺め、どこかにでかけないのか尋ねると、すこし反省したような顔になった。

「暇かね」

うん、と答えると、祖父は、そうだろうなあとつぶやいた。

「実は、やっていることがあってな、手伝ってくれるようならいいんだが、どうかな」

祖父について、張り出しの横から斜面に出る。潅木を抜けると、ジェットコースターの、昔の乗り場があった。この発着場がコースの中で一番高い場所にある。枠組みは丈夫というのだが、走行する仕組み自体は重力が頼りの昔風のものである。ここから急な斜面を滑り落ちる勢いで、そのまま谷間をいっぱいに走り回るのだ。下の降り場は谷底の川のすこし下流の土手にある。そこから空っぽのコースターがまたこの乗り場にあがってくる構造になっているという。

そのあたりのレールは変に輝き、その輝き方にもむらがあった。ぼろきれの残骸がレールに引っ掛かっていた。引き込み線の奥にレールにかぶさるようにちょっとくすんだ軽素材の倉庫があり、扉から入る光に照らされて手前にずんぐりした作業台車が鎮座している。さらに奥には二人乗りの小型コースターが二台縦に並んでいた。

「何、これ。使えるの？」

「使えるようにする」

祖父はそのまま倉庫に入っていった。薄暗い隅には私の身体ほどの大きさの、三本の腕の突き出た半球が木箱の上に置いてあった。

「これが台車の上にのって、レールを点検しながら動いていくんだ」

「どうやってのせるの」

「自分で乗るらしいんだが、セットがよくわからんのでな。いや、それよりも説明書が読みにくいのだ。専用機じゃないから、ここに合わせるのにいろいろ切り替える必要がある」

面倒で手を出さなかっただけだったのだろう。設定詳細をタブレットに呼び出し、自動的に読み上げさせると、祖父は、おまえが読んでくれという。何度も聞き返されながら、数時間で点検機は動きはじめた。のろのろ身体をずらして台車に乗り、自分で自分を固定する。作業台車はゆっくりレールの上を動きはじめ、倉庫から出てきて、まずレールに引っ掛かったぼろ切れをつまんで捨てた。そこからレールを磨きはじめる。

点検機の乗った台車は本線に入ってゆく。ゆっくりゆっくり進む。レールを磨きながら、継ぎ目ごとに点検機は三本の腕を使って、時には身を揺すりながら、安定をチェックしていくのである。最初の急な下り線でもまったくスピードを変えずのろのろ遠ざかっていった。気が付くと夕暮れである。

ぜんぶ磨くのに丸一日かかるだろうと祖父は言った。

寝る前に張り出しから谷を見下ろすと、谷間の暗い中に、赤い光が点滅して浮かんでいた。

つぎの日の朝からは、下の降り場から上までコースターを上げるモーターとベルトを手入れした。こちらはすでに祖父がかなり使えるようにしていて、作動を確認し終わったのは昼下がりである。シャワーを浴びて居間のソファに寝転がっていると祖父が、奥から長いものを抱えてやって来た。

した。

「釣りに行こう」

私の答えもきかず、祖父は手にするものの説明をはじめた。まずは竿である。長いのや短いのを繋いだり伸ばしたりし、しなりやらについていろいろ講釈を垂れた後、こんなもんでいいだろうなどと言って、私の背丈の三倍ほどの、そうよくもなさそうな釣り竿を私に寄越した。

さらに、今度は毛針についていろいろ言う。このあたりに合わせるのに苦労したなどと言い、挙句に、おまえはとりあえず針にイクラでもつければいいだろうなどと、竿に同じくらいの長さの糸を付けた。

祖父は自分の使う道具を手入れしはじめた。ぼうっと眺めていると、下におりてロープウェイの見えなくならないあたりで練習しておいでという。滑るから気をつけろと言われながら、私は竿を持ち、イクラの入った小瓶はポケットに入れ、軽い上っ張りに貼りつけたマジックテープに針を何本かつけて、ロープウェイの籠で谷におりた。

流れに沿ってすこし上がり、糸に針を縛りつけ、イクラを針につけると、皮が破れて中身が流れ出す。こんなものにかかるんだろうかと思いながらちょっとしたよどみに竿の先をぶら下げてみたのだが、何もかからない。竿を振り回すうちに、岸に張り出す枝に糸がからまって外れなくなった。

谷底の日はあっという間に陰る。苛立って引っ張るとそのうち糸が切れた。竿の先で川面を叩く。ぱしゃぱしゃいう音が途切れると、川の流れの音が急に大きく感じられた。

いきなりケーブルの動く音がして、ロープウェイの籠が、揺れながら上がっていった。祖父が降りてくるんだろうと思った。家は張り出した木々に遮られて見えない。空を見上げる。梢のあいだに見える、張り巡らされたレールに作業車がへばりついていた。輝く3本の腕が動いていた。

低い音をたてて籠が降りてきた。そこから降りてきたのは祖父だけではなかった。釣り竿を持った祖父の後ろから、私の父が現れた。私は走り出した。

「足元に気を付けて！」

祖父が私に大声を出した。

母は大学を出るまで面倒を見てくれた。私は半分働いていたが、母はそのことを知らなかった。言えば即座にもっと面倒を見てくれたろう。時々会う時、我々はお互いに気遣い合う、何とも模範的な母子だった。

私は母の態度に関して、常に正当化を用意していた。何よりも自分を傷つけたくなかったせいだ。今ならわかるのだが、私はいつも母を恐れていた。

私にとって父は違った。実に無防備に私を可愛がったし、私は、父のところに飛び込むことにためらいはなかった。そういう記憶しかない。理想化もあるのだろう。その父が消え、私は「期待」するのをやめた。

こういったことは無論意識していたわけではない。

失敗した父を母は捨てたのだが、失敗したことはきっかけに過ぎなかったと思っている。父は母より背は低く、ずいぶん歳も離れていた。好景気に乗って調子よくいろいろ手を出していたころに出会ったのだ。父が母に惚れ込んでしまったことに巻き込まれたというのが結婚に対する最終的な母の評価であり、失敗したことで、そのころの母にとっての父の唯一の長所となってしまっていたものが消えうせたのである。

母にとって父は過ぎ去った冗談のようなものだったのだ。

「うまいもんだな」

毛針を操る祖父が遠ざかっていく。私と父はすこし大きな岩に座り込んで、祖父を見送った。父は釣りはしたことがないという。私の竿を手にして重さを確かめ、不器用な素振りで振ってみせて、私に返した。

昔仕事に出る前によく見た、青い上下を着ている。シャツも青い。空や瀬の色を映しているようだった。長身でやや精悍な祖父や母と違って、彫りは深いが肉付きがいい。最後に見た時よりもさらに太り、髪は薄くなっていた。

「いい谷になったよ」

木立の底から谷を見回す。

「すごいものだよ」

独り言のようにつぶやいてそのまま黙り込んでしまった。私は久しぶりに会った父と何を話していいのかわからず、離れるのも何だかで、結局斜面からの照り返しで白く光る水面を釣り竿の先で叩いていた。

父はぽつんとつぶやいた。

「お母さんは元気みたいだな」

「うん」

「お父さんの話をするかい」

全然、とは言えず、うん、と生返事をする。

「仕事がうまくいったら、またちゃんと話せるかもしれない」

どうなんだろうと思っていると、父は私の肩から腕を回して、やわらかい横腹に私を引き寄せた。何も言わない。私は父を見上げた。

「いっしょに暮らせないの？」

父は、黙ってすこし微笑んで、首を傾げた。

木立の上の空は明るいのにあたりはうす暗くなってきている。谷中に巡らされたレールにも日は当たっていない。

父と連れだって祖父の消えたほうへ、下草の中を辿る。川のそばを何度も離れ、ゆっくり歩く父を後ろに引き離して、その小道はよどみに出た。

どんどん暗くなる中で、肩ベルトのあるウエーダーブーツを穿いた祖父は、竿と毛針を持ち、分厚いメガネのようなスコープをかけてじっと顔を水面に向けていた。私が流れのそばの砂利を踏む音に気づいたのか、ちらっと私をスコープ越しに見て、手で制し、すこし離れた岩の上を指差した。水音でほとんど聞こえないくらいの声で

「もうひとつスコープがあるからかぶってご覧」

滑らないように岩の上のずた袋に寄っていき、竿を置いて手を突っ込むと、双眼鏡のようなメガネの付いた頭巾があった。額の部分に黒っぽい半球がある。かぶると、明るい視界がいきなり広がった。

私の出てきたあたりの木立が揺れた。

「おうい、どこだい」

父の大声に祖父が顔をしかめた。父は祖父に気づいた。

「こりゃ釣りやすそうなところになりましたね」

祖父は答えず、ゆっくりと見渡している。私の目からはそのあたりが昼間のように見えたが、かなり暗くなってきたはずである。水面の下がよく見えた。魚がすいすいあちこちから出てくる。せせらぎの音に、魚の立てる音が混ざる。

父が溜息をついた。

「こりゃすごいや」

祖父が動き出した。毛針が水面を滑って飛ぶ。魚が食いつく。

何匹も釣ってから、祖父は緊張を解いて、ざあざあとこちらに向かってきた。魚影がさあっと遠ざかる。

「上がろう。山の陰はあっという間に暗くなる」

メガネを外すのにつられて頭巾を脱いで、思わず声を出した。

暗い中でうす緑の光の点がそのあたり中に無数に満ちていた。風はなく、光は揺れながら点滅し、漂っている。

「すごいなあ、すごい蛍だよこれは」

父が私にささやいた。祖父が川から上がってきた。

「帰ろうかね」

「釣れたことしかわからなかったんですが、でかいですか、どうです」

父にはほとんど見えていなかったのだ。

「お父さんの手をひいておあげ」

祖父の声に、私は再び頭巾をかぶった。たちまちあたりは昼間になった。

父のぼったりした手をひく帰り道、かがんでとか、石があるよとかいう私の声にうんうんと父は答える。どちらの汗なのか、手が湿っていく。いつのまにか小走りになっているが父は何も言わずついてきた。

ロープウェイの下でひと息ついた。父はハンカチで首筋を拭いて、目のあたりにもあてた。私は頭巾をとる。たくさんの蛍がゆらゆら川面を飛び過ぎていく。

上がりのロープウェイの籠は、父と私の二人だった。3人ではさすがに重いと祖父が言ったのである。ずっと無言で、張り出しに着いて籠から出たあとも父はそこから動かなかった。

やがて上がってきた祖父に、父はすまなさそうに言った。

「すみません、足が」

スコープを着けたままの祖父が首を振った。

「革靴がひどいことになったな。手入れの道具はあるよ、強化はしてあるのかね」

「一応は。とにかくこれしかまともなものが」

そこで黙ってしまい、祖父もそのまま、家のほうに頭をしゃくってみせた。

釣った魚を祖父が手早くフライに調理し、三人でぜんぶ平らげた。祖父と父はリビングで一服している。張り出しに出ると、木々のあいだに出発点の引き込み線まで戻ってきた作業車の赤い光の点滅が見え隠れした。風はなく、谷底は何も見えない。満天の星である。

二人のところに戻り、テーブルの向こうの祖父を見た。

「帰ってきたよ」

祖父は変な顔をしておかえりと言った。

「違う。ロボットが」

「そうか、そうだろうな、明日はテストしてみるか」

「何です、それは」

「この谷に残ったジェットコースターの線があるだろう」

「ええ」

「あれを使えるようにしとるんだ」

「はあ……ずっと残してるのは知ってましたが、今更なんでまた」

祖父は答えず、流しに戻って、スピリットとグラスを持ってきた。父に勧め、私にも冷蔵庫をみてほしいものを取るよう言った。ソーダ水を持って戻ると、祖父が私をちらっと見て父に言った。

「当分戻ってこんのかね」

父も私をちらっと見た。

「ええ、借金がまだ若干あるうえに元手もありませんのでね」

「それなら尚更、勝手のわかったところでやり直したほうがよくはないか」

「いやまあ、いろいろ」

父はグラスを空けた。

「ええと、お義父さん」

祖父は微かに首を傾げた。

「どういうふうに宇宙で稼いだか、参考に教えていただけませんか」

祖父はすこし眉をひそめた。

「人にいうような話でもなし、参考になるような話でもないが、そうだな」

グラスを置く。

「時間を売ったのさ」

「どういうふうにです」

「いるべき時にその場にいない、その時間が金になったんだ。金になる仕事というのはたいがいそうじゃないか、特に若い時間が高く売れる」

父はすこし鼻白んだ。

「金になるだけましじゃないですかね」

「仕方なくやっとったのだ。まあ売るべき時に売れたからまだよかったと思っているよ」

「また飛びたいと思いませんか」

「あんなところに戻るもんかとずっと思っていたよ。でもなあ、忘れられんのだなあ」

「ツアーが出てるじゃないですか。どうですかあれで」

「あのなあ」

祖父はうんざりした顔になった。

「大金を払って人にのせられて窮屈な席で運ばれるのは好かんよ。好きに動けるわけでもなし」

「はあ、自分で飛ぶのはそんなにいいですか」

「いいとかいうもんじゃなくて、独特なんだ。荷物を積まない運搬船の飛行能力というものは、あれは乗った者にしかわからん」

「今でも免許はあるんでしょう」

「乗り物のほうに年齢制限があるし、こう見えても体はがたがただよ、たぶんGに持たない」

父は子細らしく頷いて、話題を変えた。

「この谷も、ずいぶん手入れしたもんですねえ」

付け足したような科白に祖父は苦笑した。

「本物になるまでまだまだなあ」

私は訊いた。

「本物って、どういうこと？」

「昔むかし、育ったところが谷間でな、地球の反対側で、もう跡形もない」

私をじっと見た。

「ここにあるものを、本物だと思わないほうがいい。この谷は作り物だよ。苦労して木を植えて、川を通して、魚を増やして、蛙や蟹やら山椒魚に、蛍までいるけれどな、この有り様は偽物だよ。本物はもっといい加減で、汚くて、どうしようもないものだ」

父がグラスを置いた。

「何むきになってるんです。あの、荒れ果てた谷間がこんなになったというのは大したものですよ」

「君が来た時はもうかなり手が入っていたさ。もとの荒れ果て方はすごいものだったし、あのまま放っておいたほうが、本来の姿だと思うこともある」

「荒れ果てさせたのも人間のやったことじゃないですか」

「戻り方は違うだろう」

「私はこのほうが好きですがね」

祖父は、物わかりが良すぎるんじゃないかと唸りながら液体を啜った。父は再びグラスを手にした。

二人はこの調子でだらだら喋り続け、私はひどくまぶたが重くなった。うつらうつらしながら、いつのまにか母の声が聞こえていた。

「早く帰ってきてね」

ずいぶん若い。それに明るい。

「早く帰ってきてね」

途切れるとぼそぼそ低い男の声がふたつ、響いてくる。よくわからない。

自分がソファの上に横になっていることに気が付いた。部屋は暗い。テーブルのほうでゆらゆら何か光っている。

祖父と父が、その光の間近に顔を寄せている。

「もう一度見せてくださいよ」

「部屋の光の充電だからそう何度ももたないぞ」

「出してきたのはお義父さんですよ」

「もうお義父さんじゃなかろう」

「だって私はあなたの孫の父ですよ」

「わかったわかった」

テーブルには酒瓶が何本も空になっていた。

「いくぞ、ほれ」

光が揺らいだ。テーブルの上に、私と同じくらいの女の子の、腰から上の立体画像が、酒瓶と同じくらいの高さに立ち上がった。黄色い服がひらひらする。

「誕生日のプレゼント、ありがとう」

とそいつは言った。母の声だ、が、幼い。立体画像は女の子だけだが、大人の女の声がした。

「それだけかい」

女の子は仕方なさそうに、

「早く帰ってきてね」

ぎこちなくうふっと笑って静止した。

中年男と老人は、うっとりと見入っていた。私は出ていってはいけないような気がしてソファに横になったままじっとしていた。

「こんなだったんですね」

「こんなころもあったのさ」

祖父にとって、父が気の合う相手だったとは思わない。しかしこのときは楽しそうで、お説教くささもいつのまにか影をひそめていた。

母という一点においてこの二人は結び付いていたのだと思う。

祖父がその時父に喋った内容はだいたいは覚えている。さらに私自身が祖父から聞いたり、母の態度から察したりして私なりにわかったのはこうである。

祖母には持病があった。遺伝子診断上は起こる確率の低いはずの脳血管奇形が出生後判明し、安全な形に整復するだけの金が、祖母の親にも、祖母にも、祖父にもなかった。

断れなかったと祖父はいったのだが、報酬もよかったからその気になったのだろう。急に入った仕事で出かけ、そのあとをこの、母の立体画像のついたメールが追いかけてきたのである。

たまたま祖母に使われたこのメールサービスは、弱小なフォーマットごとその後なくなり、この母の立体画像は、地球に戻ってすぐにハード出力したメールプリントにしか、私がそれを見た時点ではもう存在しなかったそうだ。

それはある小惑星群内のコロニーに物資を運ぶ仕事だった。そのコロニー内での紛争がらみだと祖父は知らなかったのである。祖父の運んだ爆着物質を使って、ある少数民族ごと星がひとつなくなり、追撃戦に巻き込まれた祖父は小惑星帯の中で中途半端な亜光速飛行を余儀なくされた。

戻った時には地上で数年が過ぎていた。そのあいだに妻、つまり私の祖母はなくなっていた。

祖父の運んだ物資で結果的に虐殺が行われたことは知られてしまっていた。祖母の死は、持病によるものだったというのだが、しつこい運動家の嫌がらせもあり、自殺と思い込む人もいた。

祖父は、何度もの喚問審査で不問を宣告された。祖父の手元には、大金と、性格のちょっとややこしくなった娘が残った。

その娘は、自分の父親を、金に引かれて娘の誕生日もすっぽかし、有り合わせのプレゼントを送りつけたまま数年も恥ずべき仕事に出かけて、挙句に持病のある母をストレスで死なせた、と、再会のしょっぱなに決めつけた。

しかし、その前からも祖父は娘、つまり私の母をかまいつけるほうではなかった。そういう祖父にいろいろ文句をつけるしか、母は祖父とのかかわり方を思いつかなかったのかもしれない。

祖父は、どう接していいかわからなかったうえに事業にかまけてしまって、心を開かせようとはしなかった。その祖父に会うたび恨みをたれ流しながら祖父からいろいろな援助を受け続けた母も、祖父に甘えていたとしか言いようがない。一方で、結婚することで一度は切れたキャリアを、その後難なく繋いでみせるだけの努力と能力が母にはあった。

結局この二人は和解することはない。今から思うと、祖父と母は、互いに安全で快適な距離で、相互不信の関係に甘えてじゃれ合っていただけではなかったのか。

父と祖父は楽しげに私の母の思い出を話し続けた。彼らにとって妻、娘の思い出を。

自分も宇宙で稼ごうかという父の冗談は、無理だよとのひとことで片付けられていた。私はまた眠ってしまい、起こされたら次の朝だった。

祖父は今度は事前に連絡してくれよと言った。父は、すぐまた会えるよ、おじいちゃんを困らせないんだよともっともらしく私の肩を叩き、祖父に挨拶して去った。

祖父は、酒がまだ残っているとぼやいてシャワーを浴びに行った。テーブルの上は散乱したままである。その真中（まんなか）あたりに名刺大のメールプリントが、暖炉の上に戻されないまま置かれていた。プリントされた幼い母の顔がこちらを向いている。シートの角を押すと立体画像が立ち上がるのである。ゆっくり見ようと、酒でテーブルに貼り付きかかっているそれをはがして腰のポケットに入れたところで、祖父が身体を拭きながら、昨日釣竿は持って帰ったのかと大声で私に訊いた。

慌ててロープウェイで川原に降りた。風が出てきていた。釣竿は祖父の釣りを眺めたよどみの岸のそばの岩場にあった。拾い上げて石伝いに歩きはじめると、頭上で空気を切り裂く音がした。

見上げるとコースターが走り回っていた。

あたふたとロープウェイまで行くと、籠が上がってしまっている。コースターは茂みの向こうに降り切った。沢沿いにそちらに急ぐ。途中で滑って、瀬の中に尻餅をついた。腰から下をずぶ濡れにして、靴をぐしゃぐしゃいわせながらコースターの降り場に上がった。

コースターには誰ものっていない。

そこでやっと、水につかったポケットの中のメールに気が付いた。呻きながら引っ張り出す。表面がうっすら濡れ、へりが水でにじんでいる。乾かそうと、降り場の狭いプラットホームの端の日当たりのいいところに風を気にしながら竿と並べて置いたところへ、ロープウェイで降りてきた祖父が灌木を抜けてやって来た。私はメールプリントが祖父から見えないように立とうとする。

「うまくいってるじゃないか、じゃあ上に行こうか」

コースターに乗り込んだ。私もいっしょに乗り込ませられた。安全アームをロックし、手にした端末を押す。ベルトが動き、コースターが傾斜をぐんぐん上がり始めた。

後ろの座席の祖父を振り返ると、昼近くの太陽を見上げた。

「こんな近くに来るってのもたまらんなあ」

「何が」

「太陽が近過ぎる」

「暑いの?」

「まあそういうことだ」

そして、胃から空気を吐いた。コースターは上の乗り場までやって来て、停まった。

「このまま行こうかな」

祖父は端末を再び操作した。

コースターの前方から空気が噴き出す音。

「なに」

「空気隔壁だ。雨や虫やらが当たらんようにな、これでむしろレールの抵抗を落とすと書いてあった」

ストッパーが外れてコースターは動き出した。私は歯をしっかりくいしばった。そのまますーっと落下する。

「ひゃう」

コースターはくるんと上にあがり、太陽に向かってすっ飛んだ。

勢いが失せると同時に横に曲がり、そこからまた宙返りしながら自由落下。

太陽が上下左右にくるくる回った。

下の降り場でショックもなくすっと停まり、風にあおられて案の定メールプリントが飛ばされた。アームを外してホームの端まで駆け寄るが、メールはすでにせせらぎに浮かんで流されていく。

「どうした」

祖父が隣に立つ。

メールプリントが突然ばりばり音をたてて、光が水上に盛り上がった。幼い母がこちらを向いてどんどん遠くへ流されていく。

「早く……早く」

映像は揺らぎ、歪み、声はノイズだらけだ。川の上に立ち上がった映像はぱくぱく口を動かして、渓流の段差でひっくり返り、じゅうっと煙を吹き上げて、消えた。

「ありゃあ……手遅れだな」

呆気に取られた祖父は、私を見下ろして、少々怒気を含んだ声で唸った。

「持ってきたのか」

「干してたんだけど」

祖父はいろいろ言いかけたが結局低い声で、

「ごめんは？」

「ごめんなさい」

祖父はため息をついて私の頭をこづいた。そして、根本的に手遅れだからもういいかなどと口の中で言いながらロープウェイに向かった。私がすこし離れてついていったら、竿を回収しなさいと言われた。戻りながら見ると、レールをコースターがまたゆっくりあがっていくところだった。

ロープウェイの籠の中で、祖父は顔をしかめて、口をぐっと閉じていた。汗をかいているのがわかる。リビングに入ると、ソファに横になって、短く呻いた。

私は、テーブルについて黙って祖父を見ていた。祖父が何かの持病でつらそうにしていたのか、ただの二日酔いがくるくる回ったせいで一気に悪化したのか、今でもわからない。しばらく苦しそうに息をしていた祖父は、やがて少し青い顔で深呼吸した。額に汗がにじんでいた。ゆっくり立ち上がると、すこし休むと言い捨てて祖父は寝室に消えた。

夕方近くになって祖父はやっと出てきた。リビングでタブレットを見てしおらしくしている私に、コースターはどうだったたねと感想を訊いてきた。すごいねというと、結構出来はいいがやっぱりなあ、などと答えた。

「やっぱりって、どういうこと?」

「まあ、言ってもわからんかな」

だったら言うなよと思いながら、私は、張り出しに出た。椅子に座って背もたれにもたれた。

空はやがて茜色から暗くなっていき、星が見え始めた。風が強くなっている。谷を覗き込むと、底にはうっすらとした光が微かに見える。昨日より増えたのか、あいかわらずの蛍だろう。

風で木立が動き、ざあっと音がした。

祖父が張り出しに出てきた。

「今日は飛ぶかもしれない」

「何が」

「見ていてご覧」

そのまま谷底を覗き込んだ。私も立ち上がって手すりにもたれ、目を凝らした。

木々がまた、ざあっという。

谷底で光が蠢いている。

空には星が増えていく。

「何なの」

「すこしお待ち」

風が強くなってきた。と、谷底の光が、周期的にぼうっ、ぼうっと瞬き始めた。

また風がふいた。

谷底の光が、水底から沸き上がるあぶくのように、ふわふわ浮き上がりはじめた。

空はどんどん暗くなる。

吹いたり止んだりする風に乗って、蛍が、一斉に谷底から広がって谷中に溢れた。浮かんで流れ、たゆたい、頭上の星の下で蛍たちは地上の星のように飛び回った。私は言葉もなく、光の乱舞に見入った。

「星みたいだろう」

「宇宙に出るとこんなふうなの？」

「そういう時もある。飛んでみたいかい」

私は躊躇した。一瞬の間をおいて、様子を伺いながら答えた。

「うん。僕、ロケット乗りになれるかな」

この返事はむしろ祖父に対する迎合に近く、たぶんそれを感じ取った祖父は、失望とも何とも言いがたい表情になった。

「そうだな」

黙ってしまった。しばらくしてから、

「おまえのお母さんはロケット乗りが嫌いでなあ」

つぶやくようだ。鼻ですこし笑い、

「それでもおまえのお母さんは結局儂によく似たよ」

祖父について張り出しから暗い斜面に出た。スイッチを入れ、乗り場が照らしだされる。宇宙空間に突き出したカタパルトのようだ。

強い照明を後ろにして、私には祖父の姿は、黒い影にしか見えない。顔のあたりから低い声が湧き出てきた。

「あそこは、独特なんだ」

影はつぶやき続けた。

「たとえば、衛星軌道から飛び立つ時、全天星の海の中に滑り墜ちていく時に一瞬上下がわからなくなって、それでもノズルがしっかり船を支えているのだ。感じるんだよ、背中に」

祖父は私の肩に手を置いた。

「そして、小惑星群に飛び込んで、四方八方からくる岩の塊をくぐり抜けながらいつ来るかわからない終わりに向かって飛び続ける時、本当に永遠に続くような一瞬に、いろいろ思い出しながら、ここで終わってもいいんだと思ったよ。あとで、いくらすまないと思ってもあの時こそは、止まってもいいくらい美しかった」

祖父はこんな言い方をする人だったのだろうか。祖父は頭がまだぼうっとしていたのかもしれないし、酒が残っていたのかもしれないし、私の記憶違いかもしれない。私が、こういう祖父を見ることは、その後二度となかった。

「あの時、いろんなものを置きっ放しにしてな、それでもあの時見たものに似たようなものを、ここでもう一度見られるかと思っていた。仮想の作り物じゃ、ダメなんだ。これも作ったといえばそうなんだけどな、おまえが来たから、最後までできたんだよ。ありがとう」

祖父が端末を操作すると、引き込み線に二台縦に並んだコースターがゆっくり動いて目の前にやって来た。祖父は一台めのコースターに私を促した。

すわあっと音をたてて、私をのせたコースターが動きだした。照明に包まれた乗り場はあっという間に背後に遠ざかる。そのまま蛍の海に滑り墜ちていく。

コースターは蛍の星座の中を駆け巡った。蛍は、視野を横切り、舞い上がり、星のように瞬きながら私を包み込んだ。私は、祖父の話も父や母の顔を思い出すことすらなく、蛍の作りあげる宇宙空間を駆け抜けた。

無限に思える宇宙飛行を終えて、コースターは一番下に辿り着いた。そのまま動かずじっとしていると祖父をのせたもうひとつのコースターも滑ってきて、止まった。私と祖父は、コースターから動かず蛍の乱舞する様を見上げていた。

眠ってしまったのだろう。気がつくと私は布団の中にいて、体中虫に刺されて痒かった。

この夏別れて以来、父の消息は知れない。

数年間、私は夏を祖父のところで過ごしたが、二度とコースターにのることはなかった。祖父が乗った形跡もなく、コースターは再び古ぼけていった。

そして私は成人し、結局ロケット乗りになどならなかった。あの時の祖父はそれを見越していたのだろう。祖父は、たぶん自分の孫がロケット乗りにはならないだろうと思っていたし、もしかするとならないでほしいとさえ思っていたろう。そして、たまたまやってきた孫に、自分のかつて見たものにすこしでも似た何かを、見せておきたかったのだろう。

祖父の死後、住む人もなく廃屋同然になったあの家の、張り出しから見渡す谷に夕陽が照りつけ風が吹き渡り、やがて夕陽の最後の紫も消えたあと、その谷底に満ちるぼんやり光る大粒の空気の渦が時として風にあおられ吹き上がる有様を、私は、今も、その時期になると思い浮かべるのである。

終の住処

二〇二一年、初稿をウェブに公開

海のそばまでのびた尾根筋から、町側にわかれた低い丘の上、海側のまぎわに、その一軒家はあった。

春なかばの早い午後である。原田は町の反対側に入り込んだ道から、斜面につけられた二十メートルほどの階段を上がり、凹凸なく埋め込まれた敷石を踏んで、屋敷といえそうな構えの背の高い白い平家の前に立った。扉に近づくにつれて陽は屋根に隠れた。

三十を超えたばかりの彼は息を整えた。体は軽いほうだったが、手に下げた鞄がやや大きくて重い上にもっと気温の低い予報が外れ、身に合った厚めの紺のスーツに軽く汗をかいていた。

木製の二枚扉の上に明かりが点いた。原田は明かりの下の受光部に向かって胸を張った。身元を確認しましたと女声の人工音が流れた。そのまま何も動きはない。原田は軽く咳払いをして待った。

低い電子音のあと扉が横にするっと開いた。割烹着のような白い防護服にメガネをつけ、薄く青い医療用手袋に、若いともいえない、くっきりした顔立ちの大柄な女性が立っている。

「管理会社の方ね」

すこし低い声だった。原田は名乗り、水谷会長の依頼で来たのだと挨拶した。

「お入りになって」

扉の外と中に段差はなくそのまま広い空間があった。高い天井に下がるきれいなシャンデリアの下にソファが置かれ、両サイドは白い壁、向こう側は大きくガラス張りである。陽光が一面に射し込んでいた。

ガラス張りのそばから、原田の胸の高さのずんぐりした銀色のロボットがこちらに動いてきて止まった。全方向ホイールが円筒型の躯体の下面にあるようだ。上から柄が伸び先にある全周受光器の中心視野部がこちらを見ている。一歩踏み込んで立ち止まった原田に女性が言った。

「私は瀬尾です。水谷さんの家政婦兼管理ナースよ、とりあえずこれを、おかけになって」

彼女自身がつけているのと同様の枠のないメガネをさしだした。装着して瀬尾を見る。肩が張り出し高く白いナース帽をかぶった、金髪の女性になった。白い壁には絵が並び広間の隅で薔薇が高い花瓶に生けられ、ロボットのあったところに、日によく焼けたやや痩せ気味の中年男が立っている。原田よりすこし背は高い。

「私が水谷です、よろしく」

拡張現実メガネである。名乗った男の下半身に重なって、もともとのロボットがうすく見える。

「声もそのARメガネのほうが聞きやすいでしょう、ここにいるときはそれを使ってくれますか。ロボットを通して見たり聞いたり話をしたりするんだが、実際の私は奥のベッドから動けないんだ」

水谷は中途半端な笑顔で右手を差し出した。応えて出した原田の右手を、本物の手のような感触が握りこんだ。原田はちらっと、メガネの隙間からロボットを見た。多関節アームがロボットの胴から出て、人間の手首から先をそのまま再現した義手が原田と握手している。そこそこ高価（たか）いしろものだった。

水谷のAR像はそのまま、日当たりのいい南向きのガラス張りに顔を向けた。

「見晴らしがいいでしょう。もともとここは港の出入りを見張る番屋のあったところなんだ。下の町が見下ろせる、町と今いえるのかどうかはわからんが」

減光素材のせいで、見下ろす広い平地はうす暗く沈んでよくわからない。町のある広い平地は、この邸のある丘を含む三方を山で囲まれ、ここから見ると、左側が東で海に向かっていた。原田は、海沿いに南からこの平地に入り込む路線まで乗り継ぎ、平地のやや海側にある終着駅に降り、無人タクシーで海の見えない高い堤防のそばを通り、丘の裾を町の反対側に回りこんで、上がってきたのだった。

水谷は手を離した。

「システム図はみてくれたかな」

「はい、会長」

「会長はやめてくれ、名誉会長だったのももう前のことだから。水谷さん、でいい、僕も、原田君、と呼ばせてもらうよ」

高い立場にいる年長者特有の親しげな態度だな、と、原田は思ったが、表情には出さない。

「承知しました、水谷さん。全身管理装置とARとロボットがリンクしているということと理解しています」

背後の瀬尾の声がメガネから聞こえた。

「水谷さんの全身管理のお世話するのが私ね、勤務は日勤帯で、夜は別のナースが交代で来てるの」

中年男の姿の水谷は貼りついたような笑顔である。

「原田君、あなたの仕事は、私のこのロボットや、私に見えるこの家を維持することなんだが、そのほかに、見積もってほしいことがあってね」

「拝見しましたが、六十年前の町の画像の拡張再構成ですか」

「それよりまず、こっちの壁に、海の景色が欲しいんだ。今は絵が並んでいるが、切り替えられるようにしてほしい」

広間の海側の白い壁には窓はない。原田は鞄を下ろして訊いた。

「いただいた構造図ですと、この東側の壁の向こうが海ですね、現実の窓を開ければ堤防の向こうまで見えると思うのですが、そうされない理由が何か」

「堤防の向こうの海には、ずっと沖までテトラポッドが放り込まれていてね」

ああ、そうじゃない、ここの海が見たいんですね、わかりました、と原田が答えると、簡単そうにいうね、と水谷は意外そうな声を出した。

「図面では海側にも防犯カメラが向いていますからね、取り込んで、テトラポッドなんかは修正を埋め込んでこっちの壁で再生すればいいいんです。ただ、朝日が来ますからカメラをもうひとつ用意した方がいいですね、今のカメラではすぐに焼けます。太陽が要らないのでしたら海だけ撮って、空は別のところから合成するのがいいでしょう、高さ補正すればどこで見ても不自然ではなくなります」

ひと息入れて加えた。

「ループ再生の海の景色を貼り付けるのではないことを前提にしました」

ロボットが動いたのだろう。水谷のアバターは、原田の話に反応せず、歩き始めた。あとをついて、原田も、町とは反対側、入り口の脇の壁近くへ寄っていく。この部分も床からのガラス窓があり、邸のある丘と向うの斜面のあいだの狭い谷地が見下ろせる。

「この下には、むかし集落というか、ひとが住んでたんだよ」

町から回り込んできた道は、堤防を背にしてこの谷地に入ったところで狭くなり山に抜けている。

邸のある丘のきわが道だったが、道を渡って向かいの斜面のふもとには、家が一軒建つほどの奥行きのひらたい敷地が二十軒分ほど、道沿いに続いている。丈の高い草が生えるなか、区画ごとに土台のようなものも見え隠れする。こちらへの上り口よりやや海側に、道から石畳がのびて、つきあたりの斜面には幅三メートルほどの石段があった。

こちら側のガラスは、北側で日が入らないためか減光がない。

「二十年前のあの津波でぜんぶ流されて、けっきょく住民も戻らなかったんだ、この家のある高台に逃げたひとは助かったけれど、あっちの斜面の神社に上がったひとは流されて、そのあと、再建もされなかった」

石段を上がった、二階の屋根程度の高さの広い場所には草が生えるだけである。その奥は崖のようになっていて上がれない。

「鳥居ごと流されてね」

　窓の下を見下ろして説明していた水谷の拡張現実像は、原田を見返した。

「それでまあ私が、こっちの丘からあっち側の山の半分まで買ったわけだ、道路も買っている。この道をあがった奥は林道になっているんだが、違うほうからも入れるから行政がこの道路を維持する必要がない。無人タクシーだったら前までは来てくれなかったはずだ」

「無人運転車規格の二車線道路はここまで、あとは私有地だから入れないといわれて、ちょっと海側で降ろされましたね」

「この下は流されたあとのまんまなんだ。ここに、拡張現実で、昔あった集落、家並みだな、それを再現してほしいんだよ、上から見るだけじゃなく道に降りて近くから見ても、それふうにしてほしい、中に入るところまではいらない。私の持つ敷地内ではＡＲできる線が張ってある。手順と予算を見積もってくれるか」

　原田はすこし考えた。

「念のためお訊きしますが」

　水谷は黙って、頭をすこし引いた。

「狭いこっち側の、道沿いの家並みですね」

「そうだ」

「ここの家並みの画像情報はお持ちなのか、アーカイブにあるんでしょうか、それとも、それらしく再現するだけでよろしいのでしょうか」

それなら手もかからなくてありがたいのだがと原田は思った。

「僕は」

水谷は、ひと息入れた。

「ここに住んでたんだよ。小さいうちに離れたんだけど、いいところだったんだ、みな仲もよくてね。もう一度ARでいいから見たいんだ、金は払う」

金は、あるところにはあるのだと、原田は思った。

「じゃあここの情報は」

「ほとんど何も持たず家族ごと外に出たからな、小学校を出る前だったからこのあたりのアルバムにも僕自身は残ってない」

「小学校はどこにあったんですか」

水谷は肩をすくめ、背後の、町側を指すしぐさをする。筋電や神経の活動電位、脳波を拾っては画像に反映させるこのシステムはずいぶんよくできている。

「表(おもて)の側に通っていた。この裏側は、番屋にあがってくるちょっと金持った船を相手する接待所が集落のもともとで、軒数も少なかったんだ」

画像情報の有無の話に戻らない。原田は辛抱強く続けた。

「家並み自体の画像情報はどうでしょう」

「表の町の画像はここの図書館のデータにもある。表の町だって結局デジタル町並み再生なんてできなかったんだ。金もないし人もいないからね」

すこし興奮してるようだった。

「私自身も画像はないんだ。仕事が回り始めてからは、写真に撮られる機会も増えたから自分の若いころの姿はこうやって作っているけれどね。それまでの画像は自分のものも家族のものも残していないんだよ」

そこで水谷は静止した。部屋の端でじっと見ていた瀬尾が手元に目をやり、声をかけた。

「水谷さん」

水谷の画像は反応せず原田をにこやかに見たまま動かない。瀬尾は歩いてきた。

「ずいぶんてきぱき話が進んで、会長、ちょっと疲れたんですね。しばらくこのままでしょう」

瀬尾はARメガネを外した。

「じかに会ってもらう前にひとこと自分から言ってもらおうと思ったけど、どうせ必要なのはわかってるんだからまあいいか、こちらへ。メガネはとっていいわ、お互いまともな格好のほうがいいですから」

すでに自分にもアバターが貼り付けられていたらしい。素顔の瀬尾は、きりっと整えられた片眉をあげ、首を振って原田を促し海とは逆側の壁に向かう。扉のない入り口を抜けると、病室のような空間にベッドがあった。向かいには白いカーテンが下がり、ほかは白い壁である。

ベッドにはやや大柄な人物がシーツを肩までかけられて寝ていた。

「これがご本人。会長の周りもまとめて、医療的な管理そのもの以外で、この家のＡＲ環境とか、そのためのご本人と各種機器とのリンクとか、そういったことはこれからそちらの会社、というか、あなたが管理なさるのよ。そういう契約」

瀬尾は、水谷本人にわからないところでは、水谷を会長と呼ぶようだ。ベッド上の水谷の目と耳を小型ヘッドセットが覆っている。マスクにはベンチレーターのほかに、各種センサーが仕込まれている。隙間から老人の皮膚が見えた。それが水谷の本体である。まだ七十歳そこそこなのに脳梗塞であちこち動かず、その代理にロボットを動かす。動きは脳波や各種筋電位、神経電位でコントロールし、ロボットからの視覚と聴覚だけはヘッドセットで受容するのである。ロボットだけではなく、この邸に貼り付けた拡張現実の中で、水谷はロボットとともに動くアバターを持っている。訪問者はＡＲメガネを経由して、元気な水谷とやりとりする。中年男像も、彼の馴染んだ自己像なのだろう。

「ロボットが便利だからあっちで動き回って、リハビリもろくになさらなくて余計動けなくなって、でもあれはあれでコントロールが大変なのよ、しばらく動いたら疲れて寝るの繰り返しよ」

「そこも課題だ」

背後から声がした、ロボットが部屋に入ってきたらしい。

振り返りながら原田はARメガネをつけた。笑顔のまま表情のあまり動かない快活な中年男が立っている。

「たまに下の道路にも降りるんだけれど、もうちょっと楽に操作できるシステム構築はないのかな。君は話が早いから、そのあたりもちょっと不満を言わせてくれ」

「あそこ、私道って言ってもたまに通るものがあるんですよ、気を付けてください」

金髪のナースがからっぽのベッドに語りかけているのが見える。瀬尾が原田に肉声でささやいた。

「私にはベッドにいる会長も見えてるのよ、でなきゃケアできないでしょ。こういうちょこちょこしたオーダーは出来合いじゃ無理なのよ」

かなり面倒くさいシステムじゃないかと、原田は思った。細かいところまでこだわって目的を達成するのは嫌いではなかった。そこに報酬があるのだからいうことはなかった。

原田は、テトラポッドのない海を再構成し、海側の壁にそこに並んだ古典絵画と切り替えて見えるように設定した。

水谷のロボット操作については、定型の動きを予測できるデータがログでたまっていたので、邸の中では大幅に自動化した。定型でない動きでの自由度は下がるとは本人と瀬尾に説明したのだが、どこまで理解してくれたろうと、原田は思った。

こういったことは特に困難ではなく、前の管理会社の担当の注目が医療機器とのリンクや安全性にシフトしていたから後回しにされていただけだったようである。それはそれで良心的なのだが、自分の優先順位が守られなければ我慢できない人だというのが、原田の水谷についての認識になった。

この邸の拡張現実は遠隔でモニターしながら数週から月ごとに実地にチェックする契約になっている。自分にとって初回の実地チェックをかけながら、原田は考えた。建造物のデータを出来合いででっちあげて修正要求が山のように来てはかえって手間がかかる。少なくとも昔どおりに再現する努力が見えなければ承知しないだろう。

通常の拡張現実新規作成作業に加え、データ収集料についてはその都度水谷に相談する形の見積もりでエリアマネージャに確認して、水谷に渡した。水谷はあまり深く突っ込まず、すぐにエリアマネージャから進行の連絡が来た。

「なかなか話が早いね」

水谷のアバターはうれしそうに言った。

「前の担当は、すぐに、上と相談するとか言って、進まなかったんだ」

原田は社員ではなく登録技術者というほうが正しいのだが、いちいち説明しても仕方ない。

「会社によってやり方も違いますから」

「キャリアも違うようだな」

調べるのが好きなのか、暇なのか、と原田はアバターを黙って眺めた。

「あちこちの企業のＡＲ企画をやってきたようじゃないか」

「即決する必要のある場合もありますからね、ある程度の権限は必要です」

「立場に応じた説得力だな」

水谷はもっともらしく頷いた。

再現の前提となる細かい地形は、行政や衛星ＧＰＳから得られる情報では足りない。簡単な状況確認のためのドローンは持ってきている。だから鞄が重いのであるが、特殊計測するにはアタッチメントが必要だった。

原田が来てこの数日天気がいい。気温もそれなりに上がる。エリアセンターからアタッチメントの届いた午後、邸から下り上着を脱いでウエストコートだけで作業している原田のところに、階段の横の昇降機を使ってロボットがやってきた。原田はＡＲメガネをつけた。昇降機から中年男が降りてきた。

「家の中では動きやすくなったんだが、外に出ると、やっぱりつらいな」

「外は慎重に動いてくださらないと危ないですから、自動化はなかなかできないのですよ、すみませんが我慢してください」

データの取得を手元の端末で確認し、水谷のアバターが腕を組んで眺めているのを意識しながら、土台の上をまんべんなくドローンを飛ばす。

「そんなふうに自分も動き回っていたなんて、信じられないことがあるよ」

水谷が唐突に声をかけた。また動けるでしょうとはさすがに言えない。原田はメガネの中で眉をあげ首を振って見せ、作業を続ける。

「いい天気だな。ネクタイまでして、暑くないかね」

「そうですね、ちょうどいいくらいですね」

「今が暑いのか、寒いのか、僕にはわからないんだ」

ちらっと水谷を見た。アバターの笑顔は動かない。

データを取り終えて、ドローンを収納するまで、水谷は原田の作業を見ていた。陽は隠れてややうす暗い。原田は水谷のアバターに顔を向けた。

「風が出て、寒くなってきました」

「そうか、ありがとう」

水谷はうれしそうに答え、昇降機に戻っていった。


敷地に残った土台も考慮して、地形図に仮想のペグを埋めてしまうまでが、今回の作業である。ペグ上に柱を立てて画像を貼り付けるのは、現地でなくてもできる。

滞在する数日、用意してくれたゲストハウスとのあいだは、瀬尾が、小山の下のもと集落の敷地のひとつに停めてある赤い車に同乗させてくれた。

津波でかつての町がほとんど流されたあと、表の町の中心だった駅からやや山に寄ったところに高台が作られ、住宅や商店が集まっていた。ゲストハウスもそこにあった。高台に隣接する五階建ての役所にはさらに上層に吹き抜けの避難所が設置されている。高台の上もそれほど活気があるわけではなかったが、高台の下の平地は、同じような規格の、軽素材の住居がところどころに集まり、中途半端な空き地ばかりである。津波のあと造られたみっちり高い堤防の近くは形の揃った農地だが、手入れされていないところも広い。

不自然な並木のつづくきれいなまっすぐの道路を朝夕行き来する。白い手袋をはめて自動運転のハンドルに指をかけ、瀬尾は、水谷について、体が動かなくても今のところしっかりしている、アバターで動くと疲れやすいし興奮しやすくなっているので、時々自分が接続を切ることもあるのだと原田に語った。

滞在最終日にも、瀬尾は駅まで送ってくれた。

「会長、原田さんがさくさく仕事してくださるんで、喜んでられるわ、我慢しろと言われたって、楽しそうだった。話もわかりやすいって」

これは用心しなければ、と、原田は思った。

「前の担当は、家並みの再現の依頼をした時に、まず画像の残っている町のほうを上から眺められるようにしてはどうでしょうと言ったのが、とどめだったのよ、時間がないのにいらない提案をするなってものすごく怒って」

原田は黙っていた。

「あなたが同じようなことを言わないかと、ちょっとひやひやしたのよ」

原田は、仕方なく、暗い車窓の外を眺めながら首をすくめた。

「依頼というのは、依頼人のほうがすることですからね」

瀬尾は原田をすこし面白そうに見た。

「自分もあなたみたいに仕事していたころもあったんだって仰るのよ」

「私みたいな仕事しておられたんですか」

「どうかしら、突き詰めて何かする感じのひとじゃないと思うのよ。むら気であれこれやり散らかして、たくさん外したけれど当たったものも大きかった、という感じかな。思ったことしか言わないのは似てるわ。あなたは、思っても言わないことがあるみたいだからまともね」

原田は苦笑した。瀬尾もそれ以上は話を続けなかった。


数週間後、原田はまた水谷邸を訪れた。日差しは強くなり原田のスーツは薄くなった。

「どういう流れならより動きやすいのか、ちょっとわかったような気がするよ」

水谷のアバターはうれしそうに言った。気分によって外観を変えるので、今のアバターは結構な白髪である。年齢層で四つのアバターを持っているのだが、あいかわらず表情にはバリエーションがない。麻痺した本体に対応した部分を自然に動かすのはなかなか難しいのである。ここもちょっと手を入れようと思いながら、原田は話しかけた。

「下の家並みの画像情報は、四十年前からならあります。ロードマップ画像を所有するナビゲーションの会社が過去の道路沿いの画像情報を売ってまして、古いものは粗い画像で、もうボカシも入れてないです」

「ちょっとあたらしいな」

「よろしかったら、一番古いのをいま買いますよ」

水谷が値段に不満を言わなかったので、手元の端末に地理情報とセットの画像を落として、壁の海をオフにして仮想モニターを立てた。重い瓦葺きの古い木造の平屋が軽い素材の四角い建物のあいだに点在している。空き地もある。

モニター上で道路を行き来するとともに家の角度も変わる。しばらく水谷は何も言わず、自分の家のあったらしい空き地を眺めていた。

「低い屋根ばかりだったんだが」

考え深げに言う。

「覚えている分の絵を私が描くのはどうかな」

「またその時はお願いしますが、まずは画像を探しましょう」

水谷はモニターをあらためて見て、自分がいなくなって二十年後はこんなだったのかとため息をついた。そのまま画像を進めて、

「おう」

と水谷は声を上げた。たまたま写り込んだ女性が道路わきに立っている。運動着のようなものを着て、姿勢はいいがそれほど若くはない。

「これはたぶん、タイラさん、ノンちゃん」

あだ名のような名前を言う。

「ここに住んでいた人を調べたらどうかな、住民票とかの情報は残ってないかな」

「昔の住民の情報なんて役所は教えてくれませんよ、行先だってどうでしょう」

「名前ではどうだろう」

「そんなに珍しい名前の人がいたのでしたらともかく」

「画像の一致で探すんだ」

「検索に引っかかったとしても、本人情報に辿り着けるかわかりませんよ、やってはみますが」

「金を出したらどうだ」

こちらから言い出さなくて済んだと原田は思った。

そのあとロードマップの町並みについて、その後の更新を十年分ほど課金を気にしない水谷に言われるままに落としてみたのだが、わかるような通行人はいない。古い建物がなくなっていくだけだった。

画像検索は二方向で行った。

写っている女性と家並みの景色そのもので、ネット上の画像を探すのである。違うところでほかの仕事をしていても、水谷からちょくちょくプッシュがあった。さっさと金を積めという水谷に、手に入る画像に古い建物をほかから持ってきてくっつけて、これがそれですといって売りつけるやつがどんどん来て身動き取れなくなったら困りますよと説明した。はじめから余分な仕事を増やしたくはなかった。

家並みで引っかけてさらに古い画像が見付かった。

バイクの走行動画で、その集落を通りがかった時に撮られたものだった。撮影者はすでに亡くなっている。五十年ほど前に自分のおじが撮ったもので、津波ですっかり変わったあたりのずいぶんまえの映像であるとコメントがあった。

堤防のない海は水平線まできれいだった。魚眼に近い画面は、町から回って、集落をスピードを落として通り抜けた。山に入り、左右に揺れる狭い林道をライダーは楽しそうにステップを擦りながら走った。

水谷がタイラと呼んだ女性の方はいろいろと加齢や肥満で変形させて、そこからまた検索をかけたのだが、十人ほど引っかかったものの半分はあきらかに違う有名人である。覚えている名前からも何も出ない。顔を売らない人間が自分の顔を垂れ流すわけもなかった。

今度は、水谷の通っていたという小学校の名のついたグループを地域情報交換サイトで探した。小学校自体は津波で流されてそれっきりであったが、卒業年からみて水谷より十歳程度若いグループが、久しぶりにかつての校地を訪れるイベント広報があった。近く七月初めにあるという。

エリアマネージャに断ったうえで、人捜しは本来自分の仕事ではないので自分に依頼するなら別料金になるがどうするかと、水谷に問い合わせた。予想どおり、それでいいと返事が来た。


昼過ぎの駅前に瀬尾が待っていた。

「水谷さんからきいたのよ、人を捜す役に立つかもしれない、行ってくれって、今日いきなり言われて」

「それはありがたいです」

明るく薄い長袖の上着に歩きやすそうな長いパンツ、白い手袋に髪を後ろで束ねた瀬尾について、原田は赤い車に乗り込んだ。瀬尾が時々手元を見るのは、水谷の状態をモニターしているようだった。

かつてその地域で「盆」といわれていた時期の以前の校庭に、二十人もいない老人たちが集まっていた。三つあった小学校はすこし離れたひとつに統合されている。この校庭の北側には校舎の土台だけが残っている。

日差しは強い。半数以上の老人が日傘ドローンを頭上に飛ばしている。ひとりで感慨深げに校庭をゆっくり歩く者もいれば、あちこちで数人が固まって話をしたりもしている。

原田はネクタイはそのままにグレイの上着だけ脱いで手に持ち、老人たちに近づいていった。瀬尾の、自分はナースだという自己紹介は役に立った。以前この町に住んだひとが寝たきりになっていてこの町の昔の画像を見たがっている、という説明はまったく違和感なく受け止められたが、

「ワタライとかいったかな、あの場所。あの山の向こう側のコはいなかったよなあ」

「覚えがないなあ」

という反応しかない。ひと回りして原田は瀬尾にささやいた。

「人数も少ないですね」

「仕方ないわ、ここにいる人たちはほとんど、津波の時にはこの町にいなかった人たちだもの。もともとが少数派で、それでわざわざここまで来るんだから」

「この、同窓会というんですか、鎮魂か何かの儀式はしないんでしょうか」

「この校庭で流されたわけじゃないしね、それはまた別の日ね。もう一周、訊き直しますか？」

今度は、プリントアウトしておいた道路わきの女性の画像を見せると、知った人かもしれないという女性がひとりいた。ワタライの住民でしたかと訊くと、よく覚えていないと言う。

「すみません、連絡取れたらお願いします」

瀬尾は大きく言ってから、小声の世間話をするようにすこし体を寄せて謝礼の話をした。知ってそうなのは誰だっけと何人かその場で連絡を辿り、運よく、

「うちのおばあちゃんはたしかにそのあたりの出身のはずですけど」

コミュニケータの向こうでやや若い女性が返事した。

「津波の前に出てきたから流されて何もなくなったわけじゃないけど、あまり昔の話しないわね」

画像があれば謝礼を出します、という話に、それだけではわからないから水谷自身の本人証明のあるところから連絡してほしいと、女性は言った。

赤い車で水谷の邸に向かう。すこし曲がって直線道路に入ってから、瀬尾が口を開いた。

「いつもこの調子よ、体が動かなくなってから、自分に見えるものをとにかく自分の思いどおりにしたくて、今までは家の中だけだったんだけど、とうとう家の外に出たわ」

「要望がわかりやすいからやりやすいですよ。水谷さんとはずいぶん長いんですか」

「引退する前からね。引退と同時に財産をぜんぶ整理して、管財人を置いて自分がなくなったあとのいろんなものの行先までしっかり決めてしまったから変なものはあまり寄ってこないんだけど、金の話をすぐするから勘違いする人がいるのね、仕事が気に入らなかったらあっという間に切られるわ」

「個人でこういう内容は珍しいです」

「原田さん、ふだんのお仕事は団体が相手なの?」

「メンテは会社なんかの組織がほとんどですね。開発にしましてもイベントが多くて、といっても私ひとりで対応できる程度ですが。フレームをあたらしく作るくらいまでは範囲内です」

「よくわからないけど、個人相手の仕事してる人じゃ間に合わなくなったのね」

瀬尾は首をすくめた。

「私の歳がわかる?」

「女性の歳なんて考えたこともないですね」

「用心深いわね」

瀬尾は笑って数字を口に出した。かなり意外だった原田は、瀬尾がずっと手袋を外さないことに気づいた。

「正直に言いますが、それはすごいですね」

「水谷さんが手配したのよ、あのひとがいつも見るんだから、そうなってくれって」

それだけで自分の顔や体をいじくらせはしないだろうと思ったが、さすがに口には出さなかった。すこし原田の反応をうかがった瀬尾は鼻を鳴らした。

「アバターを張り付けるようになってやっと、金髪にしろってのがなくなったのよ」

なるほど、とだけ原田はこたえた。瀬尾はそのまま何も言わず、敷地に入って自動運転を切り手慣れた動作で車を駐車させた。


邸で壁の前に仮想モニターを立てた。水谷のアバターは今までで最も若く三十歳そこそこに見える。

あらためて、先ほどの女性に連絡を入れる。

「おばあちゃんも、おじいちゃんのストレージに昔の画像は放り込んであってわからないといってるんですけど」

声だけのやりとりになっている。水谷は、画像をあげてくれて確認できたら落としただけ金を出す、と言ってそのサービスに相手を繋いだ。

「待って待って、私にはわからないの、ねえ、もう直接話してくださる?」

回線が切り替わる音がして、目の前に年輩の女性の半身が浮きあがった。音声を通す前に原田は早口で言った。

「先方には、ARの状態が見える設定になっています。先方も、これはたぶんもっと若いころの姿を使ってますね」

「ワタライの画像探してるんですって?」

女性の落ち着いた声に、勢いよく水谷は反応した。

「そう、あなた、タイラさん、ノリコさんじゃないですか、ノンちゃん」

「えーと、どなた」

「シンちゃんといわれてましたよ、ミズタニの。僕が引っ越した時ノンちゃん中学生だった」

「誰かな、シンちゃんって」

女性はすこし考えて首を振った。

「そんな人いたかしら、だいたいあなたずいぶんお若いのに」

「ああ、これは、若いころの姿を貼り付けてるんです」

「見たことないわねえ」

「実物より、このほうがまだ昔に近いと思うんですが」

「昔もそんな姿だったの。でも知らないわねえ」

「もっと若いですよ」

あまりかみ合っていないが、瀬尾も原田も口を出さない。

「名前はなんですって」

「シンイチロウですよ、シンちゃん」

「ミズタニさん、ええと、奥の二軒めでしたっけ」

水谷はうれしそうに答える。

「そうです」

「なんだかお付き合いの悪いおうちだったかしら」

水谷の顔の動きは止まってしまった。戸惑っているようだが、そちらの表情のストックはあまりないのだろう。バイタルを見ていた瀬尾が、手元で操作して水谷のアバターと本体の接続を切った。原田が話を引き取る。値段を提示し昔の画像がほしいが差しさわりあるだろうかと訊くと、今もうないような家やら人やらの画像なんだから別にそれはかまわないという。夫がどうしていたかという話から、ストレージそのものに本人認証で繋がるのにしばらくかかった。閲覧しながらタイラは声をあげた。

「そうそう、こんなものあるの忘れていたわ、ぜんぶ流されちゃったものねえ、このあたり」

多くの画像には位置情報も付いている。水谷がワタライ集落を去る前後十年ほどのタイムスタンプの画像から選ぶのである。集落における屋外画像は、ほとんどみな、未成年のこの女性が、単独でなければ同年代の女性や大人と並んで写っていた。たまに動画もある。石段の上の神社では少女が浴衣を着て笑っていた。成年のころから、この集落での画像はほとんどなくなった。

建物だけの写真なんてわざわざそれだけ残さないから仕方ない、と原田は思った。多くもない画像だったが、それぞれについて説明しようとするので時間がかかる。

「あなたの姿とか顔なんかは消せますよ」

「いいです、どうせわからないでしょ、昔の私の顔見てくれる人がこの世にいたほうがいいのよ」

「水谷さんに覚えはありませんか」

「そう、あのおうちに確かに男の子がいたかしらね、あんまりお付き合いなかったんですよ、神社のお賽銭を変な工夫で引っ張り出して怒られてたんじゃないかしらねえ」

瀬尾はため息をついて目を閉じ、右手で顔を覆った。原田は、この話はやめたほうがいいだろうと思いながら画像を落とした。

「ほかに、ここの人たちの心当たりはありませんか」

すこしタイラは口ごもった。瀬尾は口早に、

「ありがとうございました。また何かあったらよろしくお願いします」

回線を切って原田に目を据えた。

「ここのほとんどのお知り合いは二十年前に亡くなったはずよ、訊き方に気をつけたほうがいいですね」

強めに言ってから立ち上がり、水谷の部屋に向かった。すぐにまた水谷のアバターが動き出した。

「ああ、ちょっと疲れてしまっていたようだ、ノンちゃんは」

「画像売ってくれましたよ」

「そうか、考えたらあのヒトはちょっと意地悪だったからあまり付き合いなかったかな」

アバターはにこやかに話し続けたが、そのうちまた、あのころはみな仲がよくてと言いはじめた。水谷の部屋から出てきた瀬尾は、戸口に立ったままそれを眺めている。

「ご覧になりますか」

原田がもらったばかりの画像を仮想モニターに出して、アバターはそちらに向き直った。

ゆっくり時間をかけて何度も見るうちにひとつの画像にさらに見入った。

「ああ、これは僕じゃないかな」

神社で浴衣を着た数人の少女たちが思い思いのポーズを取り、その背景で、白いシャツを着た半ズボンの少年がこちらを見ている。ややアウトフォーカスである。

「これだこれだ」

水谷はそのあとも繰り返し画像を回し、自分の写った同じ画像が出るたびにやや長い時間かけてそれを眺めた。


夏の盛りを超えるころに集落の画像マッピングは出来上がった。データを送り付け、原田は水谷の邸に来た。青い麻のスーツであるが、暑い。

「タイラさん、ですか、あの方から買った画像も結構不完全でして、つかめないところはこの地方の似たような画像で補完しています。それと、アバターに使えるよう、お子さんのころの画像もちょっと再構成してみました」

部屋の仮想モニターで水谷の少年姿のアバターを見せると、今日は中年姿の水谷は笑って喜んだ。

「元気そうな子供じゃないか」

「元気そうですねえ」

原田は迎合的にこたえた。

「システムに実装します。ちょっとお待ちを」

データを開いて組み込むのにしばらくかかったあと、空中回線の状態を確認するため邸を出て道路まで階段を降りた。

集落の跡地には、茂みから背の高い向日葵がいくつも立って黄色い顔を山のほうに向けていた。

海は堤防に遮られて見えない。上着を邸に残した原田は、白い五分袖ドライ加工のシャツ姿で高い日の下で汗を拭き、回線状態をモニターしながら谷地の入り口から山側まで歩く。山側の一部だけ整地されて瀬尾の赤い車が置かれていた。

邸に戻ると、水谷はさっそくあたらしいアバターを使ったようで、窓際に少年姿の水谷が立っている。動かない。またご本人が止まっているのかと、原田はARメガネを外して水谷の部屋に向かった。

ベッドの向こうで、瀬尾が薄い青い手袋のまま水谷の手を持って、ゆっくり腕の屈伸をさせていた。瀬尾は水谷を見上げた。

「こっちは麻痺してるの、感覚はあってても動かないのね。固まるタイプの麻痺じゃないけど、動かさなければ拘縮しちゃうから、こうやってほぐすのよ。本当はリハしてもらわなきゃいけないんだけど、その段階は過ぎちゃって」

黙って首を振りながら、原田は広間に戻った。しばらくして窓のそばのロボットの受光機がするっと上に伸びたので、原田はＡＲメガネを装着した。

「準備はできたかね」

アバターは少年だが、声は大人のままである。

「敷地内では有効のはずです」

白いシャツに半ズボンのアバターは道路側のガラスから下を見た。道路に沿って茂みの敷地に、釉の強い黒い瓦の平屋が並んで見える。

「そうそう」

水谷はつぶやくように言う。

「下で見てみますか」

原田とアバターの貼り付いたロボットは邸から下りて道路に立った。午後の太陽はまだ坂の向こうの山に隠れてはいない。

「気象情報と同期はしてます」

静かな家並みが神社への石段の両わきに続いていた。水谷は海の側へ動き、

「堤防が邪魔だね」

とつぶやいて、振り返った。強い日の下で、木造平屋の集落が逆光気味に再現されていた。

「覚えてるよ」

一番端の家から水谷はその住民の名前を呼び始めた。

「ここの親父さんはよく酒飲んでね」「ここに住んでた兄ちゃんはいつも帰りしなにあっちの家の裏で立小便を」「母さんがよく、この家のおじさんは臭いといってたなあ」「ここで、水をぶっかけられて」

矢継ぎ早に話し始め、神社の石段下にさしかかり、

「この上の神社には」

と言いながら石畳に乗り込んで敷地の奥に突っ込んでいったが、ロボットの躯体が一番下の段にぶつかってアバターごと静止してしまった。邸から瀬尾が下りてきた。

「ちょっとバイタルが不安定になったから接続を切ったわ。落ち着いたらまた繋ぐから」

「いきなり昔の話を始めましたよ」

「それもあまりいい話はないでしょ」

瀬尾はあきらめたような表情である。

「ちょっと前から、増えてきたのよ、そういう話が。あなたとのやりとりは目的があるから

しっかりしてるけど、そうじゃない時は結構昔の話が多くて、すごく細かいことをよく覚えていて、それもあまりいい話じゃないのに繰り返すしね。なのにまた美化し始めるの、嫌なくらい悪いほうに考える人だったのにね。あれって努力してそうしてたのね。自分にいいような思い込みが増えて、もともとそういう人だったんでしょう、あれがこのひとの素だったら、私だったらそれが子供でも、相手するの嫌ね」

「今の状態は、歳としてどうなんです」

「歳じゃなくて性格の問題よ、いうこともきかないし」

瀬尾は手元を見て、もう大丈夫ねと言って接続を戻した。

階段の下の少年は原田を見上げ笑顔になった。それほど不自然ではない。このあたりの調整を原田は得意としていた。

「何の話をしていたかな、うん、なかなかよくできてる」

そして石段上に再現された鳥居を見上げた。

「この上の神社でもよく遊んだもんだよ」

瀬尾は出力を切ったまま、原田の耳元で、たぶんひとりでね、とささやいた。

「いや、ほんとに懐かしいよ、みんな仲のいい、いい時代だった。特に秋のお祭りはきれいだったんだよ、それぞれの家に赤い灯りがぶら下がって、この石段の両側にも提灯が下がってね」

水谷はまた道路に戻った。今度は静かである。原田と瀬尾はそのあとをついて黙って坂を上がる。敷地の一番奥まで行ってからまた戻り、僕の家はちょっと違うなあと残念そうに言った。

「画像がしっかりないんです、修正はできますよ。絵でも描いてくだされぱいいです」

「そうか、金は出すよ」

瀬尾は眉をあげてみせた。原田は目の周りの汗を拭きながら、そこは料金内ですと答えた。

水谷のアバターは原田を見て、家並みを見渡した。

「そうだな、これだけじゃ面白くないから、もっと涼しい時期の、別の景色のバージョンも作ってくれるかな、秋祭りの感じで」

頷いて微笑む少年のアバターを、原田はまじまじと見下ろした。

「赤い提灯やらあちこちに貼り付けるんですか」

「それだけじゃない、僕のいたころはもっと人がいたから、ちょっと賑わった感じにしてくれないか。見積もってくれ」

デジタルキャストまで貼り付けるのか、イベント用にそういうプラグインも売られてはいるが個人で買う話は珍しいと、原田は思った。

次の訪問までしばらくあるはずなのに、瀬尾から悲鳴のような連絡が来た。原田は時間外料金を考えながら、水谷邸へ急いだ。

あずかってあるARメガネを着けて広間に入るなり、目の前を子供が走り抜けていった。水谷のアバターは原田を見て、

「おお、どうだい、原田君、元気そうだね」

ずいぶんなれなれしいモードになったなと思いながら、原田はすこし離れたところにいる金髪ナースの瀬尾を見た。

「まあ座ってくれ」

どうも、と言いながら見回すが広間には何もなくなっている。

「ぶつかるから、ソファはどけてもらったの」

肉声で瀬尾は原田に説明した。

「それでもちょっと危ないのよ、なんとかならないかしら」

「ギヤ比を変えて、動きを遅くしてみますか。何かあった時の対応速度も落ちますよ」

「もう、勢いつけてぶつかられるの、嫌なのよ。うまく調整のし過ぎよ」

「原田君」

　水谷のアバターが声を上げた。

「この瀬尾君はね、僕に、動く練習をしろと言うんだよ、なのに動くなと言うんだ、けしからんだろう」

「それはご本体と、ロボットの問題ですよ」

「ロボット、そうか」

　アバターの動きがゆっくりになった。

「そうそう、時々家のほうに下りるんだけど、なかなかよくできてる。僕の家もまああんなもんだったかな」

　ちゃんとした口調なのだが、前と言うことが違うなと、原田は思った。

「秋祭りも楽しみにしているよ、ちょっと僕は休もう」

　動かなくなった。瀬尾は接続を切った。

「しっかりしてるのかどうなのかわかりませんね」

「もともと、このロボットとARの組み合わせっていうのはね」

　瀬尾は動かないアバターをにらみながら唸った。

「アミトロみたいな病気で」

　原田が目を細めると、瀬尾はあらためて説明を始めた。

「頭はしっかりしてるのに体が動かなくなる患者のためのもので、ボケた年寄りに使うためのものじゃないのよ。金があるからってねえ」

「正当に得たお金ですから何に使われても」

つい言ってしまい、瀬尾は軽く息をのんだが、続けた。

「パーソナリティにいろいろある人だからね、この田舎の狭いところじゃ子供でもやっていけなかったんでしょ。うるさいし、表の小学校じゃ遠慮なくいじめられたんじゃないかしら。だから出ていったのよ。でも能力は高いからすごい金を持ってしまって、それでも昔の自分を肯定したかったのね」

原田はわざと軽く返す。

「私にはそこは大丈夫ですよ、仕事は仕事なので」

「あんまり、すかしてるんじゃないわよ」

瀬尾は原田に荒い声を投げ、我に返った。

「ごめんなさい、私もおかしいのね」

瀬尾は原田の顔を見ずに水谷の部屋に去った。原田はあっけにとられていたが、気を取り直し、上着を脱いでロボットの調整をはじめた。

作業が終わって水谷の部屋に、ＡＲメガネをつけずに入っていくと、瀬尾が水谷の腕を抱え込んでいた。胸に置いた小さなエラスティック素材の枕に水谷の手を押しつけている。

「リハビリですか」

「メガネつけたらわかるわ」

ＡＲメガネを通すと、枕は金髪女性の剥き出しの胸になっていた。

「あなたのメガネじゃ会長の手は消えちゃってるでしょうけど、時々こうやっておっぱい触りたいんだって。実物じゃないけど」

ヘッドセットをかぶったままの状態でロボットとの接続が切られたら、ベッド周辺の仮想現実がそのまま見えるようになっているのである。水谷は今金髪女性の剥き出しの胸を彼女の手に導かれて触っているのだろう。

「大変ですね」

「そうなの、母親までやんなくちゃいけなくなって」

「母親は金髪なんですか」

「知らないわよ。でもこのあたりも最近は正直に管財人にレポートしてるから、そろそろ何か言ってくるかもしれないわ」

「何を言うんです」

「たんびに特別料金発生してますからね。それでもいいとか、求められてもするなとか、判断してくれるでしょう。もう好きにさせてやれというかもしれない、今の状態教えてあげましょうか」

原田は黙って聞いている。

「冠動脈がかなり詰まってるのよ、それをなんとかするための体力もないの。延命なしで登録してるからこの先いつまでもつかわからないのよ」

「いつ来ても医師はいませんが」

「いたところでどうしようもないもの、遠隔でモニターはしてるのよ。たいがいのことは私が対応できるから、方針を伝えてくるだけ」

「秋祭りどころじゃないですね」

「楽しみにしてるみたいよ」

「ロボットは調整しましたよ」

瀬尾は丁寧に水谷の腕をシーツの下に戻し、そばに置いていた青く薄い手袋をつけた。

広間で接続を再開する。

「やあ」

アバターが動き出した。

「もうずいぶん日が短くなったじゃないか」

集落側のガラス窓に寄っていくが、手足の動きに比べて移動が遅い。ＡＲでは金髪の瀬尾が、肉声で原田の耳元にささやいた。

「それくらいでちょうどいいわ、ありがとうね」

「あとはそちらの端末からある程度調整できるようにしておきました」

瀬尾は手元を見た。

「あたらしいレベルゲージができてる、これ」

感心したようにつぶやく。

「前の人はこんなに手早くなかった」

「それはどうも」

原田は肩をすくめた。

「遅くするほど、自覚とロボットの動きがすこしずれるわけですから、それはそれで問題が起こるかもしれません」

「ロボットになにかあっても直せばいいでしょ」

「それが面倒だから、注意してほしいんですよ」

「どうやって？」

たしかに本人以外には注意のしようがなかった。

エリアマネージャから原田に連絡が来た。音声だけのやりとりである。耳元に、本人とはずいぶん違う、よく響くバリトンが再生される。

「あそこの仕事が近く打ち切られるかもしれないですよ」

「まだ仕上がっていないんですがね」

「出来上がっている分の仮納入くらいしておいたらどうでしょう、そこまでの実費はチャージできる」

それもそうだなと思い、原田はアポイントを取った。

タクシーを降り、坂を歩いて階段をあがる。残暑も過ぎて合い物のスーツがちょうどいい。空はやや深く、陽は早くも西側の木立のすこし上にさしかかっていた。

広間では、子供のアバターが小声でうたいながら、減光されたガラス越しに表の町を見下ろしている。壁には海も再生されている。水谷の部屋の入り口近くに、あいかわらず金髪ナースのアバターの貼り付いた瀬尾が、壁にもたれて水谷のアバターを見ていた。そこから原田に顔だけを向けた。

「ちょうどよかった、もうじき管財人の木村さんが連絡してくるの」

「それは本当に、ちょうどよかったです」

原田はコントロールパネルを手に取って、手早くバッグの中のストレージからデータを邸のシステムに転送した。

「いつこの邸の接続を切られるかわからないと、こっちのマネージャに言われてたんですが、まだ大丈夫なんですね」

「原田さんがやるんじゃなきゃ、誰も触りませんよ」

あいかわらず瀬尾は、たまに丁寧語を混ぜる。子供のアバターが止まった。瀬尾は表情を変えず口の端をあげた。

「最近はこんな感じで動いたり止まったり、時々走りだそうとするし。早く動けないようにはしてるんだけど。ご本体もあんまり反応ないんです」

そして腕を組んだ。ロボットに貼り付いた水谷のアバターは窓のそばから動かない。原田と瀬尾がゆっくり背後から近づくと、歌をやめたアバターは小声で、からあげ、からあげ、とつぶやいている。

「なんでしょう」

「このあいだから時々出るの。食べたいんじゃないかしら。ずいぶん長いこと、口から固いもの、あがってないんだから」

からあげを実際に与えるつもりはまったくなさそうである。原田は切り出した。

「秋祭りです。時間を省くために市販のオプションを使ったんですが、ちょっと相性が悪いようで、バグも取り切れてないみたいなんで、軽いモードでとりあえず作ってみています」

「つまり、どういうことなの」

瀬尾は原田に、目を見開いてみせた。

「解像力がいまいちなんですよ、ここから見下ろす分にはいいんですが。デジタルキャストには、タイラさんでしたっけ、もらった写真に写り込んだ人たちの姿ももらってますが、そのへんで時間がなくなって」

「下まで動けるような状態じゃないから、いいと思うわよ」

原田は水谷のアバターに向き直り、大声を出して呼びかけた。

「水谷さん！」

アバターはびくっと動き、窓に顔を向けたまま、

「ああ、原田君、どうですか、できましたか」

「時々は、ちゃんと反応するの」

瀬尾はつぶやいた。

「大丈夫ですよ、もう導入もしましたから、すぐにお見せします」

少年のアバターは原田に向き直った。

「それは楽しみだな」

もっともらしい顔の少年は大人の声で原田に頷き、ゆっくり集落側の窓に移動していった。そこに管財人から連絡が入ったらしい。瀬尾が手元をいじると、少年のアバターは動きを止め、ＡＲメガネを通して見る壁側に初老の半身が立ち上がった。これは画像加工していないようだ。応接室を背景にした木村は、上着はなく、見るからに出来のいいチャコールグレイのウェストコートをつけている。

「瀬尾さん、木村です、ああ、そちらは」

「システム管理の原田です、席を外しますね」

「いえ、関係ありますからごいっしょに。この部分は記録に残りますし、あなたには守秘義務もある」

木村は瀬尾に調子を変えずに続けた。

「会長のスコアが低下してきているとセンセイから報告があってね、そろそろ、なにがあっても手を出さずに様子をみようということになったんだ。登録もされた、延命処置なしの契約で、条件を満たしたからね。これはご本人の意志です」

「大丈夫です、はじめからそれは承知しています、では、バイタル安定装置も」

「殺せというんではないです。ケアは続けていただきますし、救命はいいですが、延命処置は要らない、薬が切れても補充はしなくていい、様子はモニターするにしても、アラームも切ったらいいということです」

「死なない程度のことには対応したらいいのですね」

木村は苦笑し、ARメガネの中で、糊のきいた白衣の金髪ナースが真顔で口元を引き締めた。

「このARシステムはどうしましょう」

「それも含めてもうそのままで手入れも要らない。使えるものは使ったらいいけれど、今からあとの作業の追加料金は出さない」

木村は手元に目をやり、原田に顔を向けた。

「原田さん、駆け込みでひとつシステム入れましたね、手際がいいという話は会長からも伺っておりましたが」

「ご本人のお楽しみのオーダーでしたもので」

「まあ、使わせてあげてください、あなたのお仕事はそこまでです」

木村はひと呼吸置いて瀬尾に声をかけた。

「おつかれさまでした」

木村の姿が消えた後、瀬尾は何も言わず水谷の部屋に入っていった。原田は鞄からコントロールパネルを出してさらにいじくってから、窓際のアバターに寄っていった。まったく静止している。窓の下を見て原田はあたらしいオプションの作動を確認した。

「ああ、いい気持ちだ」

水谷のアバターがいきなり動いた。

「水谷さん、こんなふうですよ」

日は西に傾いてARの集落も陰りつつある。陰の部分でないとわかりにくいのだが、各家の表には赤い金魚の形の提灯がぶら下がっている。神社の石段のわきにも灯りがかけられ、石段の上には鳥居が立っている。ぐるりと石の柵が敷地を囲み、本殿には幟がかけられている。

そして、これもぼんやりとしかわからないのだが、道の下の入り口から上の集落の終わりまでのあいだを、男は紺の着物やたまに燕尾服、女は浴衣や簡単な単衣やきれいなカーディガンを羽織った白いスカートや明るい色の普段着で行き来し、石段を上がり、神社の敷地にたむろしている。神社の敷地の石柵の近くには雲梯があり、子供たちがぶら下がって渡っている。

「夏なら浴衣ばかりでいいんでしょうけれど、ちょっと苦労しました。暗くなったら、もっとよくわかるはずですよ、解像力粗いですが、ここから見る分には、感じが出ていると思うんですが」

水谷のアバターは何も言わず、ずっと集落を見下ろしていた。

そのあと、もうお金は発生しないけどお願いと原田は瀬尾に頼まれた。個人の尊厳にかかわるというのである。

「こんな姿を最後に覚えられるなんて絶対に嫌」

原田は瀬尾の金髪ナース姿を消去し、ついでに自分自身のアバター設定も解除した。

「ところで、私には何のアバターが貼り付けてあったんです」

と訊くと、瀬尾はすこし無表情になって、最近はあまり使わなかった若いころの水谷さんのアバターがそのまま貼り付けてあったわ、と言った。


駅で原田は胸のポケットのARメガネに気づいた。もう来ることはないし、あとで送ろうとバッグにしまい直したところに、瀬尾からコミュニケータに連絡が入った。

「もう乗りました？」

すこし慌てた声である。

「もうじききますよ」

「ごめんなさい、落ちちゃったの」

何を言っているのかわからなかった。

「会長、じっと窓から外を見てたんだけど、ちょっと目を離したら、うちの階段の上から道まで転がり落ちて、動けなくなってるの」

「すみません、でもロボットのほうで本人じゃないんですし、そもそももう、放っておくんじゃないんでしょうか」

瀬尾のすこし口ごもる雰囲気が伝わってきた。

「放っておくのは本人だけよ、それに、通る人もいるしそのままにしておくのも」

原田はすこし力を抜いた。終わったと思ったら何か追いかけてくる状況は珍しくない。もうちょっと長くいただけと思うようにしている。

「いいですよ、忘れ物もあるからもう一度伺います」

端末で呼び出すまでもなく、ほとんど人のいない駅前広場の隅に手を挙げると無人タクシーがやってきた。空はかなり暗い。西の山の上にすこし橙が残っている。

敷地の境界でタクシーを待たせる。あたりはすっかり暗い。邸への登り口の路上に、防護服にメガネの瀬尾が立ちすくみ、その足元にロボットが転がっている。タクシーの前照灯が消されると、うす暗い中でぼんやりとしか見えない。

ロボットは多関節アームのひとつが破損しているようだ。全方向ホイール面の向きを変えても接地できず、残った腕ひとつで全体を支えて立位に戻ろうとし、そのたびにバランスを崩して転がってしまう。

「ノンちゃん、ノリコちゃん、ノンちゃん」

低い声で名前を繰り返して呼んでいる。瀬尾は困ったように原田を見た。

原田はタクシーに置かれたバッグからＡＲメガネを出してロボットのほうを見た。

そこは秋祭りの路上だった。家の表にも神社の石段にも赤い提灯が下がり、通る人たちはピクセルの少ない粗い出来だが、すこし離れればなんとなく顔がつかめた。ちょっとしたざわめきも合成されている。

その路上で少年のアバターが、ぐるぐる周りを見渡していた。ロボットに固定されたアバターはその場で足踏みしている。そばにはアバターのない瀬尾が立っている。

少年は時々足を止め、そばを通りがかるデジタルキャストに話しかけている。浴衣を着た少女たちは水谷のアバターに寄り付きもせず、楽しそうに道を歩いては神社の石段を上がっていく。いろんな彩の浴衣の少女たちは低い解像力の中で顔立ちもすこしづつ違う。タイラから手に入れたものをすこしづつ変形させて貼り付けているから、実はみな「ノリコ」なのである。

ぼんやりした赤い提灯に照らされた、光の塊のようなデジタルキャスト達の雑踏の中を原田はロボットのほうに歩き、途中でＡＲメガネを外した。そこはやはり暗い路上で、瀬尾とロボットしかいない。

「ああ、大変」

瀬尾は手元を見て、階段を足早に上がっていった。

自分はもうあそこに上がる理由もないなと思いながら邸を見上げ、原田はロボットにまた視線を戻した。

目の前のロボットが、電気ショックを受けたようにがくんと跳ね上がった。脱力したように転がったロボットは、もう一度跳ね上がって動かなくなった。

原田は、ふたたびARメガネをつけた。

水谷のアバターは、俯いて立ちすくんでいた。

ぼんやりした人々が周囲を歩き、隙間からの光がちらちらと顔を照らす。少年はもう動かない。呼びかけるのもあきらめた様子である。

赤や黄や白い色のデジタルキャストたちがその周りを取り囲み、水谷のアバターは顔を上げた。

口元が動いたが、声は聞こえない。

ノンちゃん、という唇の動きのように、原田は思った。

デジタルキャストからぼんやりした手が水谷に伸び、少年のアバターはそれに連れられて、その場所を離れて原田の横を抜け神社のほうに歩き始めた。

なんだこれはと、原田はメガネを外す。ロボットはその場所に転がったままである。

原田はふたたびメガネをつけた。

水谷の少年姿のアバターはロボットからどんどん離れて、ふわふわした光と連れ立ちうれしそうに石段を上がっていく。

道路にはぼやけた人物像が歩き回る。

原田はメガネのまま周りを見渡した。海の方面には高い堤防があるはずなのに、ずっと暗い海原を沖まで見渡せる。壁のために設定した海の画像のようだが、光が水平線上に点々としている。タクシーの補助灯が通して見えるにしては数が多過ぎる。漁火に見える。

「どういうバグなんだ、システムの相性か」

原田がつぶやいたところに、メガネから瀬尾の声が低く聞こえた。

「いま、水谷が亡くなりました」

原田は神社への石段を見上げた。

水谷のアバターは浴衣の少女たちに囲まれ、石段を上がり切って鳥居をくぐり、その向こうに消えた。大きな歓声が聞こえ、しばらく拍手が鳴りやまなかった。

思い出の聖地

二〇一九年、初稿をウェブに公開

その聖地については、大きい渡し船の、船底側の大部屋で聞いた。忘れられない人に会えるという。

大きな湖を一晩かけて渡る木造船である。風の弱い季節ではあったが、ゆっくりと揺れ、外輪の唸りが、部屋中に立つ柱のきしみとともに聞こえる。私は老いた巡礼に尋ねた。

「本物が現れるわけでもなし、夢にでも見るのでしょうか、よい思い出ならそれもいいでしょう、そうでもなければ、忘れていったほうがいいものはあるでしょう」

「私にもわかりませんよ、若い人よ」

かぶりものを肩まで落とした巡礼は温和に答え、壮年に入りつつある私は、彼と比べてそう若くもないのになと思いながらも黙った。

外輪の回転とともに得られるわずかな電力で、大部屋が、微かに照らされている。敷き詰められた藁の発酵臭がする。ところどころで、低い声で話をしている。多くは、自前のシーツやケットにくるまって眠っている。

「通り過ぎたいろいろなものが、遠い景色のように思い出される中で、忘れられないものがあるのは、心の楽しみなのでしょうか、苦しみなのでしょうか。死んでしまえば自分ごとなくなってしまうのはひとつの救いでしょう。ひとつの思いから離れられないなら、あなたはあなたから逃れられません。生き続けるのであれば、そんな聖地に関心は持たないのでしょうね」

あとから思えば、わけのわからない、いかにもよそよそしい答えであった。

早朝、多くの人たちとともに私は下船し、その巡礼とも別れた。こうして、もう会うこともない人たちと毎日のように別れ、私は旅に暮らす。

戻る場所がないわけではない。その地域の大きな寺院の多くある宿坊のひとつに、寝泊まりするところは用意されている。滅多に帰らない。

その寺院の系統にある各地の小寺院の、各種設備の維持管理、特に風弦の補修維持が私の仕事である。風弦は寺院備え付けの演奏音響設備と言える。弦から出た音を風洞を使って共鳴させていく。寺院の規模によって大きさが変わるもので、調性を合わせなければならない。壁ごと鳴るので、総本山に当たるような大寺院では演奏中はすぐ裏に回ったところでは会話できないくらいだが、私はそこまでの寺院は受け持っていない。

動物が入り込んで木の部分をかじったりすることもある。堂守があてにならないこともある。そういう小寺院を巡りその周りにたむろしては施しを受けて生きている行者も、気が向くと水をまいたり祭壇の埃を払ってくれたりするのだが、何もせずぼんやり空を眺めているほうが多い。ちょっとしたことなら私のような者がなんとかするのである。

船を降りた私は、物売りの屋台の並ぶ中を通り日干し煉瓦で造った平屋を抜けて、すこし高いところにある寺院にあがった。ここはそれなりの規模があり、住み込む僧も何人かいた。木造三階建ての寺院から、僧たちの唱える祈祷に続けて、ひとりの僧の演奏する風弦の音が周りに響いていた。物売りたちは、客の相手をしながら時々見せつけるように、風弦の響きに向かって口の中で何かつぶやく。

下船時感じたわずかな冷気は今はなく、陽の照らす寺院の外で私は風弦の音をしばらく聞いていた。打弦の音が引き伸ばされ共鳴で増幅され、さらにそれが和音として重なっている。特におかしな音はしていない。音が切れたあと、坂の下からのざわめきが耳についた。

風弦の手入れに時間はそれほど要らなかった。ほかに手入れの要るものはないのか僧と話をしながら、訊いてみた。

「船で、忘れられない人に会う聖地があるときききましたが」

僧は埃を払う生成りの長衣を握ったまま、目を私に見開いた。

「あれは別の系統で、縁遠くはないのですが、ちょっと説明のしようがないというのか」

彼は、バニアという地名を口にした。

「わが流派の寺院ですが、あなた、行くことありますか」

先代から引き継いだリストに名前があるのは覚えていた。通う頻度は低くてもいいところで、私はまだ行ったことがない。

「そのうち回ることになるとは思います」

「あそこは、その、仰る聖地と繋がりがあるので、行けばもうちょっとわかりますよ。そんなに知りたいのでしょうか」

「いやまあ、そこまでの関心は」

まあそうでしょう、と、僧は祭壇の扉を閉じ、私に、あとはいつものようにと言い残して出ていった。

点検が終わると、確認のために調性函を入れ替えた。取っ手を回して空気をため、レバーを操作し、おもてに突き出た釦の列のいくつかを触って基本的な和音を順番に鳴らしてみせる。ちゃんと鳴れば終了である。先代がやっていたお作法をそのままやっているだけで、その順番に理由はなかった。

何年か過ぎた。

たまには、住処と呼べないようなところに戻り、道具の整備をしながら休む。一度出てしまうと、生成りの長衣の下に腰履きを着けて背負子（しょいこ）を担ぎ、一筆書きのように街道を渡って寺院を、何か月もかけて回るのである。

町と町は、薪をたいてゆっくり走るバスでつながれている。

かつて大地は、飛行機や高速列車という、長距離を大人数を乗せて移動できる乗り物でつながれていた。それはみな知っている。しかし今の世界にはそこまでの余裕はない。都市のかぎられたところに行けば、いまだにエネルギーを集めてそれなりに高度な技術社会が残っているのも知っているのだが、一般にはそのほんのおこぼれが回ってくるばかりである。

大量に生産しなければものは普及せず、品質も一定せず、しかも金がかかる。それらを支え続ける物資やエネルギーのバックアップはずいぶん前に枯渇してしまった。実際の物がなければ知識にもありがたみはない。情報は力を失った。

目もくらむように物やエネルギー、そして情報のあふれた以前の社会は郷愁の対象としてしか存在しない。この世を実際に動かすのは、せいぜい工房でほとんど手動の器械を用いて作れる物ばかりになってしまったのである。寺院の設備にしても私のような者がその場で工作し擦り合わせて整えなければならない。仕様が揃えられて部品を入れ替えるだけで済めばどんなに楽なことか。自分にはなかった過去のことを、私はなかば羨望のように思い浮かべることがあった。

もともと私は、風弦職人である先代のところに、10歳を過ぎたころにもらわれてきて、そのあとを継いだ。先代はすでに高齢であった。代替わりで得たものは、宿坊に帰る権利と受け持ち寺院のリストであった。

自分の土地を持ちながら風弦職人として受け持ちを回る者もいなくはないが、とても珍しい。土地を持った寡婦のところに入り込むならともかく、滅多に帰らない職人を待って家を守る相方が見つかることなどまずない。家を守るならずっと家にいる相手を探すに決まっている。

羽振りのいい寺院などでは、手入れしたあとの喜捨がそのまま回ってくる決まりもある。ひとりで暮らすには困らないし、後継ぎをもらっていろいろ仕込みながら育てるくらいは問題ない。金のない家の子供を私もそのうち探すことになるだろう。

先代はそれでも、熱心な人ではあった。

寺院によりいろいろな伝承もあれば、そこにしかない書物もある。儀礼の詳細まで、寺院を回るたびに、すこしづつ調べるのである。風弦や調度の手入れの合間にそれを行う姿はいかにも楽しそうだった。もともとは、寺院によっていろいろ違う風弦の構造を比較するところからはじめたのだと言っていた。

成人した私に仕事を引き継いだ後、ある程度ため込んだ金札を抱えて、先代がどうなったのか私にはわからない。

私も習慣のようにそういうものを調べることもあるが、先代ほど熱心ではない。

風弦の構造の多様性は仕方ない。あれこれ知っておいたほうが作業がしやすいのもわかるが、何を知っても何を覚えても、私にとってはそこで終わりでしかない。先代のように、いろいろ積み重ねてその知識の中で遊ぶすべを、私は持っていないことにある時気づいてしまったのだった。

寺院の設備を調整しているあいだは、寺院が面倒をみてくれることになっている。人もいない小寺院であれば狭い尖塔の隅で夜を明かすこともある。大きめの寺院はそばに宿坊を持つこともあるし、ことによると、さらにその外の宿に回されることもあった。

寺院には人が集まる。枯れたような巡礼ばかりではない。景勝地にあるところは、講をつくり物見遊山をかねてやってきて数日拝んで過ごし、最後に大騒ぎして帰っていく。

そういう場所には当然酌婦もいて、夜には男たちの相手をする。酌に呼ばれてそのまま自分の部屋に男を連れてくるものもいる。あぶれたら表に出て、物ほしげな男に声をかけて、宿に引き込む。

私が手入れに行く場合には、その寺院に講の集まる季節は当然避ける。酌婦たちの客もなかなか見当たらない閑散期が多いのである。それでも木を塗り込めたモルタルの平屋だと、天井を越えてどこかの部屋から、そういう声が聞こえることにたまに閉口する。そういう気分になるのが面倒なのだ。

暇な酌婦の話し相手をさせられることもあった。多くは年配である。さらに、酌婦によってはそのまま体の相手をしてくれることもある。話し相手のお礼というやつなのだろうとその都度思った。

すこしづつ異なるいろいろな地方について語ると、彼女らは、そんなに違うんだね、もしくは、どこでも同じだね、と言いながら、聞いてくれるのが常だった。彼女らにとって、客や私のような者から遠いところの話を聴くのは娯楽だったのだろう。

彼女たちがそこに居る事情は、ひとそれぞれでもあり、似ているようでもあった。みながみなそれを語るわけではないにしても、私はそれに相槌をただ打った。私が寝てしまっているのにも気づかず、私の耳元で自分や自分の家族に起こったことを、つぶやき続ける酌婦もいた。

女たちは、みながそこに縛り付けられているわけではなかった。売られてきたとしか言いようのない女たちもいたが、たいがいは金のない家から出稼ぎにくるのである。寺院の暇な時期はそのあたりの農繁期でもあって、畑を作る手伝いに帰る女たちも多い。残された女たちは、少ない客を奪い合う。

ある時、客を引っかける立ち飲み小屋で、夜遅くなっても客がつかないまま泥酔するまで酒を飲んだ挙句、帰る部屋を間違えた酌婦が私の寝床にそのままのたくり込んできた。明瞭な意識もない。吐かれたり、ことによると息が止まったりされては困るので触らないままに注意深く様子をみるのだが、明かりがかなり暗くて顔色もあまりわからない。

寝床に潜り込んで、しばらく口の中で何かつぶやいているのが聞こえた。静かになったので覗き込みに行くと、ふと体を起こした。

「部屋に戻らないか」

声をかけると、しばらくその言葉の意味を考えているようだったが、こちらに向かい、なぜそんなことをいうのかと詰り始め、履きっ放しだったサンダルを脱いで私に投げた。もうひとつのサンダルが飛んでくる前に部屋の外に逃げて、戸口のところで腕を組んで眺めていた年配の酌婦に声をかけられた。

「あんた、すまないね、自分が酒飲んじゃ仕事になんないのに、ああなってしまってはね。

あんたはまた明日お堂に仕事に行くんだろ、あの子の部屋で寝ちまいな」

あまり気が進まなかったが、寝る場所がないのは困る。

「昨日は天気もよかったからね、マットもケットもさらしたばかりで、どうせ客を連れ込む気だったんだ、あんたが寝たってかまいやしないだろうさ」

自分が彼女のことは気にかけておいてやる、というので、道具を入れた背負子を持って、年配の酌婦の言うままに酔いつぶれた酌婦の部屋に入り込んだ。

私が追い出された部屋と作りは違わない。奥に伸びた長方形の部屋で、二人がぎりぎり横になれる程度の脚付き寝床が一方の壁に寄せられ、もう一方の壁の窓の方に簡単な流しと鏡がある。いちばん奥の窓の外は隣の家の壁とのあいだの狭い排水路になっている。排水路に直接用を足す客がいるものなので窓はなるべく開けない。

出稼ぎの酌婦が客をとる部屋は、たいがいの場合生活感が非常にうすい。たいしたものを持ち込むこともないし、着飾れるだけのものがたくさんあるわけでもないのである。

寝床のないほうの壁には、ちょっと色の派手な、聖人の立ち姿の小さな絵札がいくつも貼り付けられていた。男前である。ものによっては動物に変化しているものもある。

私をここに放り込んだということは、酌婦たちは自分の金をどこか違うところに置いていているということだろうからそこは気にする必要ないにしても、あれこれ触るわけにはいかない。

そう思いながらちょっときつい香りに気づいた。鼻に抜ける、酸味の強い香りである。うす暗い部屋を見渡して、流しの横の台に、厚い硝子の丸い小壜（びん）があるのに気づいた。香水壜のようで、真鍮の蓋がその横に置かれて、開け放しである。

うすい灯りは点けたまま、服はそのままにケットをかぶった。

夢を見た。

私は見晴らしのいい高台の上にいた。目の前の斜面はゆるやかに、ところどころ段差をつくりながらはるか遠い緑の原に連なる。高台の、私の背後には、岩が積みあげられており、そのさらに後ろに、割れた岩を積み上げて壁にして、薄く剥いだ岩を屋根にした、その土地の祠のような小さな寺院があった。壁の隅は崩れかけていた。

私は若かった。先代からリストを引き継いではじめに一巡した地域はずいぶん遠いところだった。そのときに見た景色だった。

そして、足元にディンが座っていた。赤い上着、厚い毛糸を織ったスカートに、さらに革のかぶりものを腰に巻き、左の腿を下にして、私を見上げていた。このあたりにその季節回ってくる部族の女だった。

彼女は私に、

「ここにずっといることはないのね」

と訊いた。私はこの時、私にずっといてほしいという意味だと思い込み、その思い上がりから言葉を濁した。彼女は立ち上がった。同じ部族の男に妻として娶せられたのに孕むことがなく、若いながら戻されたのだということを私は知っていた。

「そう」

青空は高く、青い地平線は遠かった。ディンは、

「もうじきみんな帰ってくるわ」

「見えるのかい」

「そう、あのあたり」

彼方を指す。私には何も見えなかった。目を凝らしながら、自分の手の届きそうな女のそばにちょっとでも長くいることしか、私は考えていなかった。

そして、それが夢の中であることをなかば自覚しながら、私は、またディンといっしょにいられるのだと思った。

朝目覚めて、私は呆然とした。ずっと以前のことで、すっかりどこかにいってしまった記憶のはずだった。

部屋の奥の窓の向こうの隣家の壁が、屋根の隙間のせいかゆるく灰色に明るい。自分が酌

婦の寝床にいることを思い出した。軽く酔ったようにあたりがそらぞらしい。ケットをたたみ、私にわりあてられた部屋に戻る。酌婦の姿はなかった。

昨夜の夢がまだ頭から離れない。子供ができないディンは家族のもとに戻され、草原の中の寺院にやって来た、独り立ちしたばかりの若い私は自分からかかわっていった。孕んだ彼女は、それを土産にさっさと別の家に入った。

彼女の欠点を頭の中で並べて連れ帰れないと自分に言い聞かせたり、家で商いをしながら私を待てるだろうか考えたりという、独り相撲の時期もあったことを、その後私は思い出す気にもならなかった。

戸口から声が聞こえた。昨夜泥酔していた酌婦が覗き込んでいた。かぶりものの下で髪は濡れている。裏庭で貯水槽から直接水を浴び、顔を洗ってきたようだ。どうしたのかと私は尋ねた。

「ああ、ごめんよと言ったんだ、久しぶりにゆっくり寝たよ」

「自分のところじゃゆっくりできないのかい」

「思い出してしまうからね、でも、思い出さずにはいられないんだよ」

彼女は顎を引いて私を見たまま、濡れた体に巻き付けた衣の胸元を寄せた。私はそちらを見ないように話を続けた。

「強い香だね、あなたの部屋は」

「蓋を開け放しだったんだね、酔っぱらってちゃいけないね、あんた、私の部屋で休んで、何もなかったかい、下着が汚れたんなら洗ってあげるよ」

何の話だそれは、と答えた。

「あたしは、好きな人といっしょにいたときのことばかり思い出して、切なくなるんだよ。あの香水壜を開けていると、そんな夢ばかり見るのさ、今朝は何も見なくて、楽だったよ」

それでも、と彼女は言った。

「夜になって、酔ったりすると、また思い出したくなるんだ、そんで壜を開けるんだよ」

それは香のせいなのかね、と私は訊く。

「思い出の聖地の、香だっていうのさ」

前にきいた地名であった。

「ええと、バニアの近所にあるってやつかな」

「知ってるんじゃないか。みながみなこの香でそうなるわけではないんだけど、効くものには効くんだよ」

「夢をみたよ」

自分が、朝から酌婦と、夢の話をするとは思ったことがなかった。

「昔知っていた人の夢だった」

「そうか、あんたもそういう性質なんだね」

彼女は鼻で笑った。私は背負子を担いでそのまま寺院に向かった。

作業の前に今回の行程を確認した。あとふたつ寺院を過ぎて、その次がバニアであった。

バニアは、大きなバス溜まりが広場になっている。周囲に物売りの屋台が並ぶのはどこのバス溜まりも同じである。広場から寺院に向かって道があり、その両側にも掘っ立て小屋には近いがちゃんとした店が並んでいる。

久しぶりにすこし大きい寺院である。建物が大きいと、手入れにも時間がかかる。設備の一部に修復の必要な時は、大きい町は便利である。人口が多くて注文が多ければ工房もしっかりしているからだ。

僧院長は、ビゴという名の私の先代のことをよく覚えていた。

「あなたに言うことなのかわからんのですがね、ビゴさんの腕がいいかはよくわからんのですよ」

染めのない生地の粗い僧衣をかぶった、年配の僧院長である。

「ですが、いろいろ調べるのはお好きでしたな。風弦の手入れのついでに、ここの建物の一部が傷んでいたのですが、どうせ直すなら昔に戻したらどうだとか、そうやってできたのがあそこですよ」

四層の塔があった。いちばん上の層がすこし張り出している。

「あそこは、張り出していなかったのです。ああするほうが昔の姿だということで、職人に指図してああやって形にしたのですがね」

「きれいなものですね」

「形はそうです」

僧院長は首を振った。

「ただ、張り出した部分に筋交いを入れるのが、足りなかったかもしれないからあまり上にのるなと言われまして、かえって使いにくくなってしまい」

非常に迷惑な話に違いなかった。中途半端な詫び言を口の中で私はつぶやいた。

バニアは賑やかで、物が多く快適なところだった。僧たちのあたりもやわらかで仕事もしやすい。祭壇のそばで数週過ごすある日、僧のひとりが私のところにやって来た。

「ナギアの風弦の調子が悪くて、受け持ちが遠いところにいるので、応急処置でいいので手を付けられるひとがいないか、今日のバスの伝言で訊いてきました。あそこの金札は、うちで交換できますよ」

「近いのですかね」

私の予定の道筋からは外れるが、乗り合いバスで一日である。遠くはない。

「しかし、ちょっと変わったところなので。よろしくないところという人もいるのですが、実際にはもうあなた次第で」

話がよくわからないと言うと、僧は首を振った。

「思い出の聖地と呼ぶ人もいるところなのですが」

「そういうところがあるのは聞いたことがありますよ」

「いろいろと思い出すのですよ。ことによると、会いたい人ではない、会いたくない人に会うこともあるといいます。そのために行く人もいます。私はそういう性質（たち）ではないので」

ひとによるのだと、僧は説明した。

このバニアの寺院は、すこし外れたところではあるが、それなりに交通の便がいい。

そこで、ナギアの寺院からここに香水を持ち込んでは売る行商人がいる。香は、小さな丸い壜に入っている。香りを部屋に満たすたびに昔のことを思い出す性質の人が、いるのだと言う。

「夢にみるのだそうです」

私は、酌婦の部屋のことを思い出した。

「そうではない者にとっては、それはそれで悪くない香りなのですがね、それを使っているうちに夢のことばかり話すようになる。その挙句にナギアに向かうというひとが、経由地のここにも、それなりの頻度でおいでになりますよ」

非常に用心深い表現だと思った。

そういえば、と僧は言った。

「ビゴさんも、えと、あなたの先代も、その香がお好きだったと聞きましたよ。ここに来て、それを使ってしばらくは、修復にしてもあれをしたらどうかこれは戻したらどうかと、しきりにいわれたらしくて、ひとつやってもらったのが、あの張り出しだそうです、以来、風弦手入れの方には、積極的には香をお渡ししないことになっていて」

ふたたび、申し訳ない気分になった。

「私も一度、それで夢をみたかもしれません」

ああ、あなたもその性質（たち）でしたか、香水壜は外に売ってますが、ここではあまり使わないようにしてくださいね。明日どうするか教えてください、と言って、僧は去っていった。

夕刻、私は寺院を出た。大型の風弦は私が点検中なので、町に流れるのは小型の風弦の音色である。

香を売っているのも神殿に隣接した屋台である。よだれかけのようなものをした元気な老人が立っている。夕刻で片づけつつあり、香水壜は台の上にいくつもない。

老人が私の風体を見て声をかけてきた。

「修理に来て、この香の話でも聞いたかね、もうじき品切れだがな」

「これはナギアからくるのかい」

「そうだ」

「よく売れるのかい」

「ぼちぼちだよ」

老人は首を振った。

「ただの香としては高価(たか)いからな。ほしいやつが買う。繰り返すやつは繰り返す。そのうちナギアに行く」

「それでどうなるんだね」

「ごくたまに行き放しがいるな。戻ってきても、繰り返す者は、何度もナギアに行くし、二度と行かない者もいるし。香がなくてもよくなるという者もいる。ひとりでぶつぶつつぶやき続ける者もいる」

「売り物にそんなこと言っていて、売れるのかい」

老人はにやにや笑って首を振った。

「こいつは、何か起こることがあったら、早くそれを起こしているだけだと儂は思うんだ。結論は早めに出せばいいいし、結論なんかいらないならはじめから手を出さなくてもいい。これを使ってわかることがあるならそれだな。あんたにこれの効き目があるなら、そういうことと思う」

「中の坊さんは、性質(たち)といってたな」

それだよ、と頷く老人に私は言った。

「昔、これを使ってる部屋に入ったことがある」

「何か起こったかい」

「ひどく昔の夢をみたよ」

それだけではどうなのかわからないなあ、だがそうかもしれない。買ってみるかね、もう残りは少ないのだと、老人は売り込んできた。

「ナギアに行けば、これはあるのかい」

老人は、首をかしげた。

「あそこで精製したものを仕入れるんだ。またじきに行かねばならんが、あそこに行けば、満月の前の祀りなら、こんなものは要らないから、わざわざあっちで買うのはどうだかな」

ナギアでこんなものの要らない理由は行けばわかるよと老人が言ったところに、痩せた中年男がやってきて、香をひと壜買っていった。

「そうか、私はナギアに行く用事があるかもしれない」

「おやおや、それはそれは」

老人は、ぐっと胸をそらし、両手を開いてみせた。

「ならあちらで確かめるがいい。たぶんそれはあんた次第だろう。その前に確認したいなら、ちょっとは安くしてやる、客としてははじめてだからな。もうほとんどなくなって、仕入れに行くまでに儂も休んでしまいたいんだ」

通る人はまばら、あちこちで屋台が閉じられ、西の空に赤い雲が残っていた。


宿で壜の封を開けた。その夜みたのは、昼に話にのせた、先代ビゴの夢であった。

我々は寺院の中で作業していた。作業の合間に彼は、その寺院の沿革をえんえん私に説明していた。そばについている僧が、そんなこと私も知りませんよと苦笑いしていた。

「ビーノ、覚えておけよ」

先代は私の名を呼んで言う。私は仕方なく彼の言ったことを繰り返した。この状況は、確かにあった。あまり物覚えがよくないのがわかるまで、どうでもいいことにまで先代は私にいろいろ口伝えで教えようとしていた。

もう一度、と言うのでまた繰り返した。さらに繰り返した。

状況は変わり、我々は月夜にロバに乗っていた。先代はそこでまた私に、もう一度、と促した。やはり私は繰り返した。

目覚めた時も、口の中で私はその言葉を繰り返していた。作業に出ても、一連の先代の言葉は私の頭にこびりついて離れなかった。

そんなことがあったことすら忘れていたのに、その時にきいた言葉を思い出せるのが、私には驚きだった。すべて書き残すことすらできたかもしれない。

昼ぐらいからその記憶は一気にうすらいだ。そんなことがあったことしか、もう頭に残っていなかった。

夕方、僧がやってきた。

「ナギアは、どうされますか」

「夢に、憶えてもいなかったことが出るのです、しかも詳しく」

ああ、という素振りで僧は目を何度か瞬かせた。

「香を使ったんですね、性質があたるとそうなるんですよ」

使うなと言ったことは蒸し返さなかった。仕方ないと思っているのだろう。

「先代が出ましてね」

「大丈夫でしたか」

大丈夫という表現はよくわからなかった。私は、

「忘れていた、お寺の細かいことを思い出しました」

僧は笑った。そういう人でしたかね、と、あたりさわりのない返答に、私は、

「ナギアに行ってみてもよろしいですよ」

そうですか、まあ何が起こるのも仕方のないことではありますからと、あまり気楽ではない返事をする。ここバニアでの仕事はもうじき上がるというと、僧は、折り返しのバスで知らせておきます、と言い残して戻っていった。

仕事の終わりには、函を入れ替えながらいつもどおり風弦で和音を順に鳴らした。僧は、これも先代同様ですなと言った。


バニアからナギアに向かう乗り合いバスは、月に二回出る。ナギアの向こうからのバスが、バニアで折り返す。つまり、目的地ではなく、経由地点である。

座席はやや広め、前の方は仕切られて、厚い敷布の特別席になっている。金を持った客はそこに入る。私や、ほとんどの客は、ただの椅子席に座る。客には、香水壜売り屋台の爺も

いて、私に頷いて見せた。

早朝まだ霧も深い。バニアの道をしばらくあちこち曲がり、橋を越えて、畑が霞んで見える中を走る。道の凹みは土砂で埋められ、そこにまた轍で凹みがついていく。このあたりの道はましなほうである。

平坦な舗装はもっと金のある都市部にしかない。舗装による固い平面は、一部が壊れるとそこだけがえぐれていって、かえって通行ができなくなっていくからである。維持ができなければ、むしろ邪魔なのだ。

車体の前に水と薪がある。途中の町でそれを補給しながらバスは走る。

霧が晴れていく。周囲は何もない原野に見えるが、草むらのあいだには同じ植物がずっと生えていた。つまり、ここは畑である。

道はずっと先まで一直線に続き、その先には南側に向いてえぐれた山があった。高くそびえていたものが、根元のやや上からなくしてしまったように見える。北側に残った高みには、樹木だろう緑がびっしり貼りつくが頂上あたりまでは生えていない。山肌に折り返して斜めに上がる筋(すじ)模様は道だろう。

一般席の客たちは、ほとんどの男も数少ない女も、黙り込んで目を閉じる。とにかく揺れる。揺れに慣れているらしい中年の夫婦が住処のあたりの噂話をしていた。よく喋る女が、膝に抱えた荷物からオレンジを取り出して皮を剝いた。半分自分の口に突っ込んで、残りを夫に差し出したが、夫は手を振った。女はいきなり反対側に座る私にそれを突き出した。

「食べるかい」

すこし喉も乾いていたのでありがたく頂戴した。夫のほうが、どこに行くんだね、と声をかけてきた。

「ナギアにね、仕事なんでね」

そうか、仕事なのか、仕事じゃ仕方ないな。彼はそう答える。

「初めて行くもんでね、よくわからないのだけど」

二人は、軽く目を合わせた。夫が私の様子を伺うふうに訊いた。

「話は聞いてるのかい」

「思い出に会える者がいるとは聞いたよ。そのために行くのではないんだけれど」

「会えるのは、夢をみる者だけだからな」

「夢もみるんだ」

それは最低だなと夫は口の中でつぶやき、私は非常に不愉快になった。とりなすように妻が言う。

「でもまあ、森のほうに下りなければいいのだから。上の町と、下の町にわかれてるのよ。

上の町にいたらそれでいいのよ、下の町にお寺や森があるけど近づかなければ」

風弦は寺院にあるものだからそれは無理だなと思いながら曖昧に頷いていると、夫が話に戻ってきた。

「下の森には猿もいるんだ、結構たくさん動き回ってるし、お寺にも出てくるらしい、あれも気が荒いというからな」

「そう、とにかく近づかないほうがいいみたいよ」

それが結論のようだった。

夕方、南側のえぐれた山の裾の集落まで来たバスは休憩を取った。水と薪を積み込む。

「あのえぐれたところは、大きなすり鉢のようになっていて、ナギアは内側の、そのなかばにある」

と、運転手は私に説明した。巨大なクレーターか死火山の噴火口のようである。

「すこし南に向いたすり鉢で、日光が逃げない。でかいすり鉢なんだ。ナギアの降り口は真中あたりにあるから、朝にそこで客を降ろして昼ごろにすり鉢をでてしまうためには、夜中に出るのがちょうどいい」

暗い中を動きはじめたバスの窓から、屋台番の子供が灯りを減らしテーブル板を拭くのを、私は見ていた。運転席の横では、交代の運転手が目隠しをして眠り込んでいた。

夜中に斜面を上がり、すり鉢のふちを越えて中に入る。私が揺れの中で浅い眠りから覚めたころには、車窓のうす緑のカーテンの揺れる隙間の向こうで空はすこし明るくなっていた。すり鉢の内側は見渡すかぎり岩や砂で覆われていた。道路は、鉢の内側に沿って高度をほぼ変えず続いていく。

明るくなるにしたがってすり鉢の地表も白っぽくなっていく。乗客はじっと揺れに耐えている。やがて、バスが止まった。

「ナギアだ」

運転手の声に立ち上がる者もいれば、手荒く叩き起こされる者もいた。特別席からは誰も降りない。中年夫婦も座ったままで、夫が薄く目を開けて私に頷いてみせた。屋台の爺は、大きな荷物を棚から下ろして肩に載せた。竹の籠に鶏を入れた男もいた。何人もがぞろぞろステップを降りていった。

バスの降り場から一面灰色の斜面を見下ろす。岩や石を除けた道がひと筋、折り返しながら、すぐ下りたところにある集落に続いていた。その集落からさらに道は折り返して続く。降りて至るかなり先には森がはじまる。森はひと筋の帯のようにすり鉢の底まで続いている。明るい灰色の中で、緑色の楔のような遠い森の濃い緑が目に染みた。

森のこちら側、道の終点あたりに、中庭のある円筒状の平屋が十数軒散らばっているのが見える。寺院らしいすこし背の高い建物もあった。

バスから降りた人たちは、出発したバスの排気音を背に道を下りていく。私もいっしょに上の町まで下りた。迎えはどこに来るのだろう。

上の町で人々はばらばらに建物に向かった。香水売りの爺が荷物を地面に下ろして、私を見た。

「あんたの用事は下のほうなんだね。初めてなんだろう、知らせてあるならもうじき来るさ」

「あなたも下の町にいくのかい」

「儂は、渡すものを渡したら、ここで待つんだよ。ほれ、あれだな」

日の当たる中、黄色い僧衣を着た男が、若い男を連れて坂を上がってくる。毛髪はなく黒い傘をさしている。痩せもせず太りもせず、私よりすこし歳がいっているように見える。そばまで来た僧は、私に合掌した。

「風弦の職人の方ですか」

私は名乗って、挨拶をした。髭はなく眉毛も薄い僧は穏やかな声で、ラーバと名乗った。いっしょに来た、頭を布で包んだ、人夫の格好の若い男が、香水売りの爺の持つ荷物を持ち上げた。硝子容器の触れ合うじゃらじゃらした音が聞こえた。

若い男はそれを頭に載せて、坂道を下りていく。

「儂は、こっちの宿で待つことになるのでな、この坂を下りるのはつらい」

香水売りはそのまま背を向けて、宿らしい建物に歩いていく。

「ご用事で来られる、はじめての方は、迎えに来ることになっているのですよ。お訊きしなければならないこともあるので」

ラーバ師はゆっくり頷き、黒い傘をさして、先に立ってゆっくり坂を下りる。このあたりの地面はやわらかく、その周りには作物らしいものも生えていたのだが、集落を出て坂を下りはじめるとすぐに道が硬くなった。

下り坂は上り坂よりもよほど脚に負担がかかる。先に行く若い男は、慣れた感じにすこし斜面に向けて体を傾けながら、小石を除けた道を一本歯の下駄で下りていく。ラーバ師の履物は、私同様底が厚いだけのふつうのものであった。

「この聖地がどういうところか聞かれましたか」

「忘れられない人にあうとか、香で夢を見るのがそのしるしだとか。私はここの香で、昔の夢をみました」

「つまり、あなたは、あうことができる人なのかもしれないということですね。でも、あわずに済ませることもできるし、そもそも誰にあうのか実際にはわかりませんよ、来られる方は何にしても会いたくて来るのですが、あなたはそのために来られたんじゃないので、どうしたいのか訊いておこうと思いましてね。上の町から通うこともできますので」

そんなことをここで訊かれても、わかるわけがない。

「よくわからないのですが、この道を行き来するのは大変そうですね。まずは仕事の様子見て考えるのでよろしいです」

返事はなかった。

下の町の地表は、またやわらかい土質になっている。そこをすこし平たくして、モルタルで固めた寺院が建っている。寺院のそばには日干し煉瓦の塀で囲まれた裏庭があり、塀には扉がついている。中は見えないが、何本かの立木の梢が塀の向こうに見えた。

つかず離れずの距離で、円筒形の家が散在している。扉は閉じられたままである。窓もない。

寺のそばに泉があった。底の白い砂のよく見える、たっぷり水のたまった小さな淵から、豊かな水が太い流れとなって森に消えていく。

川を挟んで、四角い木造の、大きめの納屋のような建物がある。

「あちらは作業できる場所で、寝泊まりもできるんですがね、うちで働いてくれている者がいますよ」

ラーバ師は言った。

「ですが、あなたは、夢を見るようなので、こっちのほうがいいでしょうね」

泉を背に、寺院を通り過ぎて、ひとつめの円筒家屋に向かう。扉を開けると、井戸のように深く掘り下げた空間があった。中央は吹き抜けである。

内側は螺旋に回廊が下りている。回廊の外側の、地中に部屋が出ている。回廊の内側には腰のあたりまで石が積み上げられ固めてあるが、強度はわからない。

壁を触ると軽石のような手触りである。

「これは井戸ではないのですか」

「昔は泉がもっと森側に下りたところにありましてね、ここに井戸を掘ってみたのですが何も出なかったようで。地中の様子が変わったのか、泉の場所も変わったのですが、やはりここは、底にちょっと水がたまるくらいです。ここなら夢を見ようが少々声を出そうが大丈夫」

一周下りてはじめに出てきた部屋に案内された。部屋の側に開く扉も、厚い木であった。

「閉じ込められたら息が止まりませんか」

ラーバ師は笑った。

「ここの壁は岩に見えますが、細かい孔だらけで、音は通りませんが空気は通るんですよ。中で煮炊きもいけます。それどころか、ちょっと硬いものならほじくることだってできるので、部屋の形を変えないでくださいよ。今はまだあなたしかいませんが、そのうち巡礼も来ます。すでに来ている巡礼は、まだ上の町にいるのでして、あと何日かしたら下りてきて、人が増えますよ」

ラーバ師は、低い卓子(たくし)に手明かりを置いて出ていった。私は背負子を下ろし、うす暗く照らされる部屋の、寝床のわきの椅子に座り込んだ。香水壜を卓子に出しては見たが、開ける気にはならなかった。その横の床に、簡易五徳に油皿をすえて火をつけ、金物の皿で粉を練って焼いて、食事にした。終えると、寺に行こうと、回廊を上がっていった。

寺の中、風弦のある壁の梯子をあがって、よく音を聞く。朝荷物を担いでいた若い男が下の壁にある風弦の取っ手をぐるぐる回す。ラーバ師は、レバーを動かし風洞を替えていくのだが、あるレバーを動かすたびに、きしむような音がした。低音部分の金具がゆがんで洞が割れているようだった。よく傷むところである。

「直すまでは、高い音でやってください」

ラーバ師は、若い男に言った。

「サタ、何かあったら手伝ってあげてくれ」

そして私にも、まず彼に相談してくださいと言って、出ていった。今はいいと、梯子の上から私は手を振り、サタと呼ばれた若い男も出ていった。

風弦の横の調整函を覗き込み、いくつか仕組みを解除して、金具とそれのついた大きい木枠を外した。梯子を降りて、納屋の中にある作業場に持っていく。

屋根の下、子供が軽く走り回れるほどの土間の、端の三分の一ほどには、私の背より高いタンクがあった。その並びに薪で運用する蒸留抽出装置が占めていた。銅の打ち出しでできた装置である。ひと抱えほどのタンクがいくつかそのそばにあり、さらにそのわきに、朝、香売りがサタに渡した荷物が置かれていた。

同じ屋根のこちらに作業台もあり、私はそこに外してきた木枠を置いた。解体し、金具をチェックする。ゆがみは戻せるが割れたものはあたらしく作るしかない。

サタが作業場にやって来た。こちらをちらっと見て、床に置かれた香売りの荷物を解いた。香入れの硝子壜がこぼれ出す。彼はタンクの一つの液体を盥（たらい）に入れて、それらをひとつひとつ洗い始めた。

私は割れた木枠をすこし見えるようにかざして、彼に声をかけた。

「すまない、サタ、こいつの代わりになるものはないだろうか」

サタは手を止めてこちらを見た。

「大きめの木枠がほしい、ってことかい」

立ち上がる。

「裏に、それっぽいものが積み上げてあるけど、無理なら切り出してくるよ」

「切り出すって」

「森にはいくらでも生えてるからな」

「すぐには使えないだろう」

「今用意しておけば、あんたができなくても、つぎの風弦職が何とかできるだろう。どんな木がいいんだい」

いやその前に、置いてある木材を見せてくれと言って、我々は納屋の裏に回った。建物を造る時に使われた木材の残りがまとめられていた。そばには、以前切り出したらしい細めの丸太もある。腰の万用手斧の背で叩いてみたが、かんかんに乾いていた。

「このへんを細工できるかもしれないが……」

「十分足りるのかい」

大きさが半端だったし、あとあとのことを考えても、切り出しておいたほうがよさそうだったが、木について、サタと話が通じない。名前が一致しないのである。

「じゃあ、どの木がいいのか、いっしょに森に入ってくれ、教えてくれたらあとは切り出してくるから」

働き者だなと思った。

「森にはよく入るのかい」

「特に近いところは、そこそこ手入れしとかないと、猿がすぐ来るからね」

「猿の話は聞いたことがある。猿は怖いものかい」

「群れで森をうろつき回ってるんだけど、時々はぐれて出てくることもある。怖いかはものによるね。大きなやつだと、得物がないと危ないかもしれないよ、牙もあるからね」

サタは私の目を見て、眉を動かしながら説明する。説明するのが好きなようだ。どこかできいた結論が続いた。

「だから、森にはあまり近づかないほうがいい」

まずは目の前の木を使って作業するよと、私は使えそうなものを引きずり出して、作業場で背負子にしまってある刃物から、使えそうな削り出し刃を見繕った。サタは壜の洗浄作業を続けた。

夕刻、作業場を出て坂の上を見上げていると、数人の男たちがゆっくり下りてきた。

ちょっと明るい帽子をかぶった太った男は、私の泊まる建物の前に荷を下ろして、私に揚げパンを売りつけた。ほかの痩せた二人の男たちは、寺院に入っていった。

揚げパンと背負子を持って自分の部屋に入った。ラーバ師に連れられた男たちが、私の部屋の前を通り、回廊を下りていった。扉の音が響き、回廊をあがってきたラーバ師が、

「ほかにもお客が入りましたよ」

とだけ言って、出ていった。

その夜、うす暗い灯りの中で強い香が漂ってきた。私の持つ壜を確かめたが封は閉まっている。

夢を見た。

周りは背の高い草が茂っている。草の中の道を、ディンは、片手に杖を持ち、もう片手で私の手を引いて歩く。草の隙間から道を外れてすこし行くと、茂みのまばらなところがあった。ディンは杖を横にしてぐるっとそのあたりの草を倒してしまい、座り込んで両脚を投げ出し、私を見上げた。

早朝、泉からの流れを引き込んでつくられた洗い場の下流で、私は下着を洗った。空気は乾いている。部屋に戻り寝床の横の椅子に下着をかけて、回廊にまた出ると、下の部屋から

痩せた男がひとり出てきて、見上げて私に頷いてみせた。昨夕来た客のようだった。灰色の腰履きに白いシャツというふつうの格好をしている。私は回廊を上がった。寺院の前まで行ったところで、男も宿の入口にあがってきた。

「そろそろ飛ばないか」

離れたところから声をあげて私に訊いている。ちょうど寺から出てきたラーバ師が、今日か明日でしょうと、話を引き取った。満月まで七曜を切りました、とも言った。

作業場からサタがやって来た。

「木を探しに行かないか。もうちょっとしたらそれどころではなくなるから」

朝飯の前に行ってしまおうと言う。私は腰に万用手斧をぶら下げ、彼は杖を持ち私にもひとつ渡して、歩き始めた。彼のあとをついて、流れの横を森に向かう。森の寺院側には簡単な畑があり、それを過ぎて、私の背ほどの青木のあいだに、細い道ができていた。

森の中の道は、川とつかず離れずである。森は、つまりはこの川の水のおかげでできているると思われた。細い、しかしかなり高い木が、手をひろげて歩ける程度の間隔で一面に生え、低いところには枝もなく、高いところで林冠をつくっている。道のわきには葉の丸い木が生え、足元にはところどころシダが群れていた。

すぐに、斜面がすこしゆるくなり、流れは小さな池になった。池の向こうに建物が見えた。

「あれは何だい」

「昔の寺だよ。昔はこの池からが森で、そのそばに寺をつくってたんだけど、泉がもっと上に涌いたんでそっちに移したんだ、そう聞いた。それが今の泉だ」

「寺を作り直したのか」

「ずいぶんな金持ちがそのころは通ってきてたらしい。だからまるまるそっくり、あたらしく建てたんだ」

それはすごいなと言いながらサタについてもうすこし歩く。木が太くなり、私はその種類をみて、サタに、この木を持ち帰ってくれと言った。彼は目印に白い布を巻き付けた。

遠くから、うねるようなざわめきが聞こえてきた。

「……何かい」

「この時期に珍しいな、気まぐれだからな。猿だよ」

ざわめきは近づいてくる。

「頭に気を付けろ」

サタはそばの幹に体を着け、杖を頭上にかざした。私も真似をした。べきべきいう音も聞こえ、やがて、たくさんの動物の群れがずっと頭上を、枝から枝へ渡っていった。サタは大きな声で、

「ああやって群れで動き回っては、こっちの物をあっちに、あっちの物をこっちに運んで散らかしたりするのさ」

上から、葉や枝、幹のかけら、小さな木の実がばらばらと落ちてきた。

「目につく物は持ち運ぼうとして、そのうちまたどこかで落とす連中だからな、でかいものを落とされたら危ないよ。ここから表側はまだまだ枝が弱いから、このへんで引き返すんだ」

ざわめきは、来たとき同様、あっという間に去っていった。

「また変な物を落としていないか、見回らなきゃいけない。要らないものが生えてくるんだ。戻ろうか」

嫌そうな顔もせずサタが言う。暗くなったらわからないような細い踏み分け道を戻りながら、私は、再び池の向こうに廃寺を見て、

「まるまるそっくり、あたらしく建てたと言わなかったかい」

「ラーバからそう聞いたと言ったんだ」

「ちょっとあそこを見に行っていいか。あそこのもの、そのまま使えるんじゃないかな」

サタは、ああそうかという顔はしたが、それについては何も言わなかった。

「建物の中には、樽が置いてあるから臭いよ、気をつけてくれ。あの池の、すこし下に渡れ

るところがある。俺は飯を食って、昨日の仕事の続きをしたいから戻るがいいかな」

森は外にすぐ出られるし、出なくても流れをさかのぼれば必ず戻れる、そう言ってサタは帰っていった。

池を回ると、古い道が残っていた。ところどころに低い木が生えている。

建物は、森の上の、今の寺院にそっくりだった。池に向いて入り口がある。今の寺院同様に日干し煉瓦の塀に囲まれて、裏庭もあった。

廃寺の扉を開けて入ると、がんと鼻の奥に、この聖地の香がぶつかった。

モルタルの壁の上のほうから明かりが入る。うす暗い中に、私の胸くらいまでの樽がいくつか置かれている。そばに手動の圧搾機があった。からっぽで、横に倒された樽もふたつあった。樽には板がかぶせてあり、香のもとを発酵させているようだ。この作業もサタがやっているのだろう。

強い香りに、腐敗したような匂い、さらにアルコール臭。前方の祭壇に明けてある孔には、神様が移される儀式のあとであろう赤い染料砂が撒き散らされていた。結構な年月が経っていても、赤い色は褪せてはいなかった。

四方の壁は、ところどころ表面がはがれて芯地の組み木も見える。

上のほうの壁には大小の風弦が塗り込められている。これを移設せずここに置いたままあ

たらしい寺院を作ったのだから、たしかに金はあったのだろう
私は下にある取っ手を回してみた。空気がたまり、開放状態の風弦の、気の抜けた音がした。たまった空気を放出させながらレバーを操作すると、引っかかるような気配で動かなくなった。いきなり周囲が土臭くなった。放置が長過ぎた。

風弦そのものをみるのに梯子を探さねばならないが、それよりも、あまりに香りが立って、側頭が刺すように痛くなってきた。私は建物から出た。風弦を外からみようと、戸板も朽ちた開口部を抜けて裏庭に入った。

塀に囲まれた狭い裏庭は、外と同様の背の低い青木が生える中に、背の高い木も伸びている。真中に、人がうずくまったような灌木があった。

その灌木が不自然に動く。私はぎょっとして見続けた。なぜそれを灌木と思ったのかつぎの瞬間わからなくなった。

早朝、夢に見たままのディンが、そこに、膝を揃えて斜めに腰を下ろして、私を見あげていた。

私が戻ったのを、サタはちらっと見ただけだった。

私は作業所で、朝飯も食わず、壊れかけの部品を作業台に乗せたまま、蒸留器のそばでサ

夕が壜を笊（ざる）にあげていくのをぼんやり見ていた。サタは自分の作業が終わると私のところにやってきた。

「あちらの物は使えそうか。あの中は臭かったろう、あとで、上のほうを換気できるように開けておいてやる」

頭の動かない私は、それでもなんとか、ありがとうと答えた。サタは私に顔を近づけた。

「あんた、思い出に会ったのか。まだちょっと早いと思うんだけど、どこで会った」

ディンのことと、何とか思い至った。廃寺の塀の中と答えると、

「そんじょそこらに生えないように見回ってるんだが、俺は見る性質（たち）じゃないから見過ごすんだよ。あとで、刈っておいてやるよ」

私は、ぼんやりサタの顔を見た。

「あんたはそんなもの見に来たんじゃないんだろ。目に触れるところになければそれでいいんだからな」

「刈るって、あれは何なんだい」

「あんたの思い出を見せてくれるものさ。俺にはそれ以上はわからないな、ラーバに訊いてご覧よ」

考えがまとまらず返事もできないでいるところに、ラーバ師がやって来た。

「タンクの中身は壜の分に足りそうかね」

「たぶん。それよりも、この、ビーノさんか、前の寺の裏庭で、野良をみたそうだよ」

ラーバ師は眉をひそめ、今まで気づかなかったのか、と、サタに訊いた。

「あんなところ見に行かないからね、猿が何を落としていってもわかりゃしないよ。見たのも発酵樽の香りがきつかったからじゃないかな。ビーノさんさっきから固まってしまってるんだよ」

ラーバ師は私に向いた。

「何を見られたかはあなた次第ですが、それはあなたの思い出そのものですよ、こちらでも会うことはできますが、見えないように閉め切ってますのでね。邪魔なら刈ってしまいますよ」

「いや、刈るのはやめてください」

なぜか声が出た。ラーバ師はすこし顎を引いて、まっすぐ私を見た。

「あれはただの植物ですよ。でも、それがあなたの思い出なのです」

ラーバ師が去ったあと私は、気を取り直して、手元の材料で作業しようとしたが、まったく捗らなかった。

宿の夜には、よその部屋から、ものを焦がす匂いが来る。すこし生臭いのは魚油を使っているのだろう。そしてまた、あの香が漂ってくる。

夢をみるのは嫌ではなかった。

忘れたような、ディンとのことが、夢に現れた。彼女の睫毛の長さに気づいたのはいつだったのか、私は思い出した。

私のような流れ者にとって、最後がどうであろうと、思い出せる女がいるのが、夢の中で心地よかった。


つぎの朝、宿から出ると、森からの風に香水と似た香りが流れてきた。

「香り立つこれから五日、祀りなのです。四日間は語り合うための祀りで、満月のくる最後の一日は、触れ合うための祀りです」

ラーバ師の奏でる風弦は、鳴らない低い音を略して、やや甲高く吹き流された。

上の町から、幾人もの人たちがぞろぞろ下りて来る。ほとんどが男である。

円筒形の家はどれもあいかわらず閉まり切りであるが、寺院にほど近い一軒の戸の前にだけは、上の町からいっしょにやってきたらしい、髪にかぶりものを載せた中年女が、椅子を置いて座り込んだ。

作業所であいかわらず私は気のない動作を続けていた。

壜は磨き上げられて積まれていた。サタ自身は寺院から出てこない。しょっちゅう風弦が鳴るので、ずっと取っ手を回しているのかもしれない。

見たことのない寺男が、寺院の裏庭の入り口に門衛のように立っていた。町から下りてきた男がやって来ては、何か耳打ちし、寺男は頷いては中に招じ入れる。遠くから見ている数人に、寺男は声を張り上げた。

「おうい、予約ならまだ空いているよ、触れ合いの日はいっぱいになったらそれっきりだ。語り合うのは、線香一本分からだよ」

その向かいでは、中年女がやはり、取り持ち女のように道行く人に声をかけている。

空気がずっと香り立っており、私はどこか浮足立っていた。ラーバ師の言う「植物」のところに行きたかったのである。部品をとるという廃寺に行く理由があるのだから、ためらう必要は全然なかった。


森の中は、空気はさらに香っていた。うす暗い。私は昨日の道を辿った。廃寺の中、風弦の壁には梯子が置かれていた。サタは本当によく働く男だった。

風弦の横の調整函まであがり、手灯りを持ち込んで、腰の万用手斧も使って部品を外す。完全に同じ寸法でなくても、調整して使えれば手間が省ける。

しかし、私が今ここにいる目的がそれでないことは自分がよくわかっていた。作業が一段落したところで私は廃寺を出た。

裏庭で、ディンは、同じように、そこにいた。私が近づくとゆっくり顔をあげた。

「やっと来てくれたのね」

頭に、ディンの声が響いた。

「あなたはどこにでも行ける。私はここに、ずっといるの」

私は彼女の形をしたそれを、眺め続けた。それは、私に笑いかけた。屈託なかった。私はあれから何十年経ったのだ、と思った。動悸があがり、香りで頭がぼうっとした。

「ここにいるあいだだけでいいから、私を見てくれたらいいのよ」

本当にそれは昔彼女が言った言葉だったのかと、また私は自問した。

「それができたらいいと思うよ」

どこかで私の声がした。昔の私の言いそうな科白だった。ほかにどう言えばよかったのかわからないが、この科白だけは違うと、私は思った。彼女の両手が私の手を包んだ。またぼうっとして、わからなくなった。

気づくと、ディンは目を細め、俯いていた。声をかけても反応しない。梢の上の空は、午後の色になっている。

風弦の部品を持って森から出ると、寺院の風弦の甲高い音が聞こえた。夕刻の調べといわれるもので、歩くうちにその音はやんだ。

作業所に部品を置いて、おもてから寺や家の方を見る。

寺の裏庭からひとり男が出てきて、座り込んだ。泣いている。門を開けた家の中からは、入り口に座っていた取り持ち女が、客らしい、かぶりものをかぶった中年女を戸口から出すところだった。中年女は取り持ち女に、手元の紙を振り回していた。取り持ち女は肩をすくめた。

寺の庭からは、数人の男たちがぞろぞろ出てきた。互いに大笑いして語り合っている。ひとりが、泣いている男の肩を叩いた。

「ああやって、自分の思い出に会うんだ」

耳元に声が聞こえて、驚いて振り向く。サタが私の斜め後ろにいた。

「あの女は、何か忘れてしまったことを、教えてもらおうと思って来たんじゃないかな。なかなか思いどおりの答えがなくて、明日また来るだろう、自分の問題なのにね」

「中に、いるのかい、その、植物というやつが」

「寺の中庭には仕切りがあって、いくつも生やしているね。ご喜捨いただいて、入ってもらうんだ。向かいの家は中庭にその植物を置いて、時間当たりで巡礼客を入れてる。会いたい理由にもいろいろあるさ。繰り返して入る客もいる。毎月来るものも時々いるね。何にしても俺には自分の思い出は現れない、見えるのは他人の思い出ばかりだ。ラーバに仕えるんじゃなきゃこんなところに住まないよ」

「見えないというのがよくわからないんだよ。ふつうは見えないのか」

困った人だなという表情をした。

「たとえば上の町の連中は、みな、見えないよ」

寺男や取り持ち女を指していう。

「あいつらもさ、ふだんは上に住んでいるけど、本当はここにずっといたって大丈夫なんだ。でも、ここは見えるもののための聖地だからなるべくいない。ここに住んでいる、家にいる人たちは、見える。彼らはほとんど表に出てこない。ずっと夢見て、中庭にいる自分だけの思い出の相手をしてるんだ。ラーバはね、また違う。夢はみるけど、思い出は見えるようにはならないんだ。だからここにいるし、お寺をやっていけるんだろう」

気づくと、森からの香りはゆるいようだ。慣れてしまってわからなくなっているのかもしれない。

「風弦のほうは急がなくても大丈夫だ。どうせ祀りが終わっても、すぐには帰れないよ」

見透かしたように言葉が続いた。

「歩いて出るなら別だけれど、バスがすぐには来ないからな。みな上の町でバス待ちしてる。苦労好きな巡礼はたまに歩く。すり鉢を越えるのに四日はかかるよ」

誰が最初にこんなところに住み始めたんだろうと私は思った。

「祀りが終わると思い出は動かなくなる。今のうちに、あんたの思い出と話をしておいたらいい。バスに乗る気なら、祀りが終わって三日で来る、あんた、バニアに戻るんだろう。ひと月のあいだに二往復だ」

それからしばらく、部品は作業台に、背負子は部屋に放置されることになった。


あまり早朝だとディンが反応しないのがわかった。寺男や取り持ち女は非常に時間に正確で、彼らが上の町から来るのに合わせて森に行くと、ディンは微笑んで私を迎えてくれた。その手を握ると、すこし汗ばんでいる。それが植物であることを忘れつつあったのか、植物でもかまわないと思ったのか、その境目がいつだったのか、よくわからない。

私は旅の途中で見聞きしたことを、彼女に話し続けた。彼女は、際限なくあいづちを打ち続けた。やがて私は、自分が、ずっと独り言を喋り続けているのに気づいて黙った。

しばらくして、ディンが、私から、座ったまま体を離し、

「ねえ……どうしたの」

「なんでもない」

植物に答える必要ないはずと思いながらもそう言うと、うす暗い中庭で、ディンの声が続いた。

「弟が居たのよ」

私は混乱した。ディンに弟がいたという話を聞いた覚えはなかった。彼女は私を引き寄せ、肩のそばに口を置いて、ささやき続けた。

「元気でかわいい弟だったのよ。ある時、生まれ変わりだってわかってね」

「どうやってわかったんだい」

「知らないわよ。何人もの、黒い服着た変な帽子かぶった男の人が来て、こいつは、こないだ死んだ囚人の生まれ変わりだと言ったのね。刑期はまだ終わってないからこいつを収容するって、連れて行っちゃったの」

ディンは泣いていた。

「ひどいじゃないの、お父さんもお母さんもまた作ればいいって言うけど、あのコはあのコしかいないのよ」

かすかにこの話には覚えがあった。しかしそれは、寝物語にどこかの酌婦から聞いた話で、ディンではなかったはずだった。

「それは君の話かい」

ディンは答えない。

私は頭がぼんやりしてきた。香りがまたきつくなったようだ、ディンは私の上腕を撫で続け、私はすこし眠った。

夕刻になると香りがゆるくなる。ディンは反応がうすくなる。脚を胸に抱いて眠っているようなディンの姿を見下ろし、私はまた宿に、夢を見に戻る。その夜、夢のディンは、うかない顔をしていた。祠で仕事する私のところに通い続ける彼女を、夢の中で私はひたすら愛撫していた。私はいい気になっていた。

朝の宿の前に、今まで見なかった揚げ物売りがいた。

「触れ合う祀りの日だからね、たっぷり食って過ごしてくれよ」

寺の塀のそばに、すでに何人かの男たちが並んでいる。取り持ち女は声をかけていた。

「今日は、朝は二人、昼からも二人だけだよ。あちらに予約できなかったのならこちらにおいで。あちらは、下手したら一日空かないからね」

森を見ると、陽炎のような何かが立ち上がっているように見えた。それはこちらまで漂って、やがて降ってきた。細かい金粉のように見えるものだった。あたりは香りも強い。

廃寺の裏庭で、私は、微笑むディンの手を握って座りながら、すこしうとうとした。夢を見た。夜で、ディンの住むあたりの丘の上、祠のような小さな寺院の、周りにも中にもかがり火があった。私は風弦をいじりながら、祭壇をなるべく見ないようにしていた。

ディンは編み上げた赤い上下を着て、帽子をかぶっていた。横には、彼女といっしょになる相手が、青い上下を着ていた。二人は祭壇に向かって並んでいた。

司祭役の親族の男が、経文を唱えている。常在の僧のいないところではよくあることである。ディンの笑顔は輝くようだった。経文が終わって、祭壇に背を向けて二人は歩き始めたが、ディンは壁際の私のところへやってきた。

「ビーノ、ありがとう、私にも子供ができたわ、相手してくれてありがとう、もう会いたくもないけどね」

一同はどっと笑い、そのまま出ていった。かがり火のともる中に私はひとり残された。泣くことすらできなかった。泣く理由もなかった。何かをなくしてしまったことだけが心に痛かったが、それにしたってもともと私のものではなかった。

私は目覚めた。寺院の外でのざわめきに、風弦の音が乗った。ナギアの寺院から、風の具合で細く聞こえるものだった。目の前にディンがいた。植物でも何でもよかった。赤い服を着ていた。私をみて、夢の中のように、口端を広くして笑って見せた。

「あなたは私にいてほしいのかしら」

そう聞こえた。

空からはうすく金の粉のようなものが、あいかわらず漂い落ちる。赤い服が溶けるように消えて、うす暗い中で白い体が動いた。

そのあとはもうわからない。ディンは私の口を求め、私は彼女に触れながら衣を解いていく。現れた私の肌に彼女は口をつける。

風弦の音があいかわらず微かに聞こえる。私の腹の下のディンに、漂う金の粉が落ちていく。周りに落ちたそれは、そのまま消えていくのに、ディンの上では色褪せず積もっていって、やがて全身が金色になった。

彼女の腕の力がゆるくなった。金の粉はいつのまにか空気から消え、風弦の音も聞こえない。私は彼女の上から体を起こす。

金色の体が、染み込むようにどんどん黒ずんでいく。私は体を離した。ゆらっと彼女は上体を起こし、足を揃えて膝を抱いて、私を見て、何か言う素振りのまま止まった。彼女の姿が薄くなっていく。何もできないまま私はそれを見守っていた。

彼女のいたところにあるのは、何の変哲もない、背の低い、灌木だった。それは確かに植物だった。

日はほとんど暮れていた。

泉の横を通り抜ける。寺院の周りは昼とは打って変わって静かである。金の粉がここにも降っていたろうに、何の痕跡もなかった。空気から香りは消えていた。坂を見あげると、人々はゆっくりつづら折りの道を上の町に帰っていくところだった。

寺の裏庭の塀の、出入り口の扉から、この数日その扉の前で通行人や巡礼に声をかけていた寺男が出てきた。私をちらっと見た。すこし何か言おうとしたようだが思いとどまったようで、結局何も言わず、彼も、坂を上がっていった。

扉から今度はラーバ師が出てきた。私を見て、

「中に、湯がまだすこし残っていますよ、使わせてあげましょう。体中泥だらけではないですか、野良が相手だとしても、敷物ぐらいは用意するよう教えて差し上げればよかったですね」

私は、急に恥ずかしくなったのだが、ラーバ師は、あたりまえのように続けた。

「気にすることはないですよ、人それぞれのかかわり方はありますから、何も言わないのが決まりです」

「人それぞれということは、違うかかわり方もあるのですか」

「植物にとっては、どうであっても、結果が同じならいいようです」

廃寺の裏庭と同じ広さなのだろうが、この裏庭の中は高い木塀で仕切られている。寺の壁のそばの布で囲まれた空間には、服を脱ぐところがあり、その奥に大きな盥がおかれている。手前に敷かれた簀子に立ち、私は盥のぬるい湯を柄杓で掬っては、体の汚れを流した。

そのあと私は、おずおずと、ラーバ師に、つぎの祀りはいつなのか尋ねた。つぎの満月だと彼は答えた。


明けた日は一日、私は部屋で眠り続けた。夢はみなかった。

さらに翌日からしばらく、腹の具合が非常に悪かった。

風弦の部品作りに立ち戻りながら、毎日私は、廃寺の裏庭に通った。灌木は灌木のままだった。作業所に戻った私にラーバ師は言った。

「実がなると思いますよ、なってたら、持ってきなさい、集めて流すことになっています」

壜の山は作業所からなくなっていた。

帰りのバスの日は、ぼんやりしているあいだに過ぎてしまった。私は作業台で、部品を見ながら時間を過ごした。夜になると、部屋にいて、手ぬぐいに香をたらして、寝転んで鼻にあてていた。どんどん使っては勿体ないと思ったのだが、それでは香の効き目が弱いのか、うっすらとしかディンの姿を夢にみない。言葉も聞こえない。

廃寺の裏庭では、ディンだった灌木の陰に小さな実ができていた。育つのは早く、新月のすこし前にはそれが子供の頭くらいまで大きくなった。模様のない、瓜のような手触りの実である。

灌木と繋がる蔓の部分がしおれてきたので、私は、ラーバ師から言われたように、手斧で切り離して実を持ち帰った。

夕刻だった。泉のそばに火がたかれている。森に向かって、ラーバ師が経文を唱えていた。賢者の経と呼ばれるものだった。火の前には、私が持ち帰ったのと同様の実がいくつも置かれていた。ラーバ師の声が大きくなった。

円筒の家の扉があちこちで開いて、同様の実を持った人たちがゆっくり現れた。たっぷりした衣で頭も覆っているからよくわからないが、ほとんどが年輩の男に見えた。やや若い女もいたようだ。

サタが、泉に、実をひとつひとつ投げ込み始めた。ぜんぶ投げ込んでから、私に向かって首をひねって見せた。おまえもやれ、ということらしい。

なかば沈み込んだ実は上下に揺れながら、やがて流れに乗って、森のほうにゆっくり漂っていく。ラーバ師は経文を唱え続け、人々はいつのまにか消えていた。

翌朝、私はまた森に入った。

廃寺の前の池には、昨日流された実が浮いていた。池から先に流れていかないよう、網が仕掛けられている。その実を廃寺のほうへ、サタが引き上げていた。私は騙されたような気分になった。私はサタに、その実をどうするのか訊いた。サタはちらっと私を見たが、手は休めない。

「ほっておいたら、また、どこかで生えてしまうからね、儀式を終えたものは、香に使うんだ」

サタは池には入らず、たも網で実をひとつひとつ、手元に寄せては掬い上げる。私は廃寺の裏庭に行った。ディンであった灌木は、すこし影が濃くなったように見えた。

サタは実を廃寺の中に運び込んでいた。中はあいかわらず、強い香が満ちていた。香の中で見ていると、いつのまにか、赤ん坊が体を固めてじっとしているように見えた。

「それ、赤ん坊に見えるんだよ」

サタに声をかける。

「あんたが来てそうなるなら、それが、こいつの狙いなんだろうね」

よくわからないことを答えながら、彼は実に向けて鉈を振り上げた。私は息をのんだ。赤ん坊の悲鳴のような甲高い音が一瞬響き渡り、赤ん坊は、ふたつに割られた実に戻った。

つぎからつぎへと、彼は実を割っては、圧搾機になっている、ふたつに割られた短い丸太のあいだに放り込む。ついで、圧搾機の取っ手を回し始めた。丸太のあいだから、赤い汁が、その下の盥に落ちていく。潰されながら、実からまた、赤ん坊の叫びが聞こえた。

サタはちらっと私を見た。私は何も言わず、外に出た。

作業所でぼんやりしていると、ラーバ師がやって来た。

「風弦はどうでしょうね」

やらなければならないことはわかっているのだが、何もできていない。

「向こうから持ってきた部品に、ちょっと手を入れれば、当面は何とかなると思うのですが」

「あなたの印を付けた木も、裏にさらしてあります。あなたは見える性質(たち)なのですから、仕方ないのです。こういうことがないように、なるべく森の中で近いところには、あれは生やさないようにしていたのですが」

「集めた実を搾っていましたが、どうするのですか、あれは」

「醸して、精製して、香にしますよ。あなたもお持ちでしょう。醸すのはあっちでやるのです、すごく匂いますからね。きっちり搾り取ってもなかなか量がないので、おや、どうされました」

私は、非常に気持ちが悪くなった。ラーバ師は口調を変えた。

「これからの人生、風弦の調整に回るのはやめて、廃寺の裏庭で思い出と向かい合い続けるのもひとつのありようですがね。ここの家に住む人たちはそういう人たちです。外からここに通う人たちは、ここで思い出と向き合っては、帰ってまた自分の人生を過ごすのです。もちろん思い出のありようはいろいろです。どうしたいのか考えられるなら、できる範囲で手助けはしますよ。ただ、あちらの裏庭にいつまでもいるのは考え物ですけれど、家は今空いていないのですよ」

ラーバ師は、素っ気なく話を締めくくった。

あいかわらずろくに何も手がつかないまま、私はナギアにいた。再び、香の壜を寝るたびに開け放すようになった。すぐに、はっきりディンの夢を見るようになった。

朝が来ると、自分がここにいる理由を確認するように、作業場に行く。風弦の部品は毎日なんとなく短時間いじくるだけである。本気で作業すればあっという間だと思いながら、集中力がもたない。食欲もない。

廃寺の裏庭に出かけていく。まだだと自分に言い聞かせてから、その確認に行くのである。

灌木はじわじわとまた形を整えつつあった。それを見ては、さっさと引き上げ、部屋にこもって寝床で過ごした。夢の中で、ディンは、いろんな姿で私を相手した。

実際のディンとの記憶ばかりではなかった。酌婦たちとのやりとりの記憶が、夢にどんどん入り込んできた。旅の途中で金銭の有無はともあれ相手してくれた酌婦のような女たちには、むしろ自分にとって、同志のようなものを感じていた。それはとても都合のいい感覚だった。

「妹の具合が悪くてさあ」

ディンによく似た顔の誰かが、夢の中でほがらかに言った。

「いとこが迎えに来てくれるはずなのよ」

齢のいったディンのような顔の誰かがつぶやいた。

彼女らが本当のことを言ってくれていたのかもわからない。自分が本当の話をされるに値すると、自分では思っていなかったことに気づく。そんな自分に、本当のことを言ってくれた酌婦もいたかもしれないと、また申し訳ない気分になる。誰かが言う。

「いろんなところに行くのね」

その背中を私は撫でながら答えた。

「いろんなところに行っても、自分は変わらないよ」

「あたらしいことを見ても変わらないの」

「偏見が増えるだけだったよ」

そうではないものの知り方もどこかにあったはずだと続いて思ったが、それきりだった。


バニアに行くバスが上の町を通った日の、翌朝である。

宿の部屋の戸がいきなり開いた。

「誰かいるかい」

すこし甲高い声だった。若い、白い服の男がこちらを覗き込んでいた。

「違うな」

男は戸口から姿を消し、ついでラーバ師が現れた。

「失礼、止めたのですが、人を捜すんだと言われまして」

回廊を下りていった男が、別の部屋の戸を叩く音がして、ラーバ師は苦笑いしながらそちらへ下りていった。

宿を出て泉の引き込みで、久しぶりに顔を洗いながら見ていると、ラーバ師だけが寺に戻っていった。あの男が同宿人になるのかと、すこしうんざりした。なるべく遠い部屋であることを願った。

作業所にいると宿からその男が出てきた。周りを見渡し、近くもないのに目の合った私の方にやってきた。

「宿にいるのかい」

「さっき顔を見たじゃないかね」

「そうだったか」

やや小柄で肉付きは悪くない。白い腰履きに、白いジャケットのようなものを着ている。あまり柄のよくない者の格好だが、肌はきれいで、妙な軽さがあった。

「人を捜してるんだよ」

何も言わない私に、レームと彼は名乗った。人捜しを請け負ってここに来たのだと自己紹介した。昨日は上の町を見て回ったが何処にもいなかったので、朝からこちらに下りてきたのだという。

「こういう人なんだがね」

懐から、傷だらけの薄い透明樹脂に挟み込んだ写真を見せた。やや年輩の男である。

「見たことないね」

「家があるんだが、あそこにはみな人は住んでいるのかい」

「空いてる家はないとか言っていたね、そういえば」

「そうか、俺もそう聞いたよ」

ではなぜ私に訊くのだろうと思った。彼は、強くなりつつある朝の日差しの中で、近くの家に歩いていき、中に声をかけた。何度も声をかけていたが、返事はなかった。

灌木は色がかなり明るくなり、うずくまった若い女の格好に変わりつつある。私はその前に座り込んで、しばらく眺めていた。

すこし風が動いた。香を生々しくしたような匂いが漂ってきた。回り込んだところで、廃寺を出入りする音がしている。サタが、作業をしに来ているのだろう。

裏庭の壁にもたれて、そのうち眠くなった。夜はずっと夢を見ているような気がする。ずっと起きているようで疲れは取れない。

匂いがきつくなった。遠くから、たくさんの人が喋り合うようなざわめきが近づいてくる。ぼんやり目を開けても、何もいない。灌木も変わらない。また目を閉じた。耳元でどんどんざわめきが強くなり通り過ぎていくように思えた。その中からディンの声が聞こえた。

「ビーノ」

そのままざわめきは消えていった。目を開ける。灌木は、さらにすこしディンのように見えたが、うずくまったままで、それ以上は変わらない。私は、立ち上がって、表の出入り口に回った。

扉は開いていて、サタが、最後の搾りかすをバケツに入れていた。

「もうじきまた祀りだからね、何とか搾り終わったよ」

彼は外に出て、バケツの中身を池よりも下流にぶちまけた。川底に広がった橙色の搾りかすは、岩や小石に引っかかりながらゆっくり流れていった。

その夜も、部屋に香を満たして眠った。夢にみることが、ディンとのことなのか酌婦たちのことなのか、どんどんわからなくなってきていた。同じことも繰り返し夢に見た。私には、そんなにたくさんの思い出はなかった。

つぎの朝、作業場にいると、レームが宿から現れた。あまりいい顔色ではなかった。

「えらく、匂いのきつい宿だな」

ほかに相手がいないので、また私のところに来たのである。たぶん私の部屋の香も入ってるだろうが、口には出さない。

「それで昔の夢をみたりすると、ここで昔の思い出に会えるんだそうだ」

「何だね、それは……」

レームは嫌そうな顔をした。

「勘弁してくれよ。それよりそのへんに梯子はないものかい」

廃寺からサタの持ち帰ったものがどこかにあるはずだったが、それは教えず、何に使うのか尋ねた。

「どの家も入れてくれない。返事もないんだ、家の中に入るには塀を越えるしかない。入ったら何とかする」

相手をする気になれかった。レームは、今やっと思いついたように私を見た。

「あんたは、いったい何をしてるんだね」

「寺の修理に来たんだよ」

「何もやってないように見えるがな」

そのとおりだった。

「ここはそもそもどういうところなんだね」

「思い出に会えるところだ、人によっては」

「俺の捜す相手がナギアにいるらしいというのは、出鱈目だったのかね。未練がましい奴だったんだがねえ」

私は黙って聞いていた。

廃寺の裏庭のディンは、さらにはっきりしてきていたが、声をかけてもすこし身じろぎするだけだった。

　廃寺の中で、サタは今度は発酵樽の具合をみていた。

「祀りも近いし、しばらく手を付けられないんだけど、今のところ大丈夫」

　森から出て泉の引き込みで手足を洗っていると、寺の中からレームの大声が聞こえてきた。

「誰も出てこないんだ。帰りのバスは今朝出てしまったし、何とかならないのか。顔を見たいだけなんだ」

　顔を見るだけでは済まないのだろうと、私は思った。低い声で、ラーバ師は答えている。

「祀りが終わればというのは、いつなんだよ」

　求める返事があったようで、レームは寺から出てきた。私の顔を見ても表情は変えず、宿に向かった。

　彼が夢を見る性質(たち)なのかどうかはわからないが、見ているのであれば、あまりいい夢のようには思えなかった。

　翌朝、扉の外を、誰かが足早に出ていく気配だけがあった。作業場でぼうっとしていると遠いところで何かのはじける太い音がした。しばらくして、森の中から、サタがレームを肩に担いで出てきて、泉の引き込みのそばに下ろした。作業所から私は出た。

　レームは仰向きに横たえられ、左腕に、白い上着を巻きつけていたが、それは赤く染まっていた。目を閉じて唸っている。サタは大声でラーバ師を呼び、レームに大声で話しかけた。

「二の腕の肉がふっ飛んだだけだ。血を止めたら大丈夫。骨なんかにあたらなくてよかったな」

ラーバ師は、やって来ようとしたが一度戻って、香の壜をぶら下げてきた。サタに肩のあたりを押さえさせて栓を開けた。

「酒精度は六十を超えてるんですよ」

誰に言うともなく、晒しに振りまき、折りたたんで創口にあてて、上からさらに晒しを巻いた。

「気づけです」

レームの口にも香を含ませた。彼は、ひどく咳き込んだ。

血だらけの上着をよく見ると、胸のあたりと左腕に穴が開いていた。サタは無表情に私に言った。

「ビーノさん、あんたのいつもいくところで起こったんだよ、この騒ぎは」

私にはよくわからなかった。

「あっちの寺の裏庭だな。すごい音がしたもので見に行ったら、この人がぶっ倒れてたんだ。たぶん自分を撃ったんだな。あんたが待ってるやつは、変な男になってたよ、それを見て、びっくりして懐から拳銃を出そうとして、はじけちゃったんじゃないかな」

そこは私の場所という訳ではないはずだったが、私の意識の中では、私の場所だった。何も言わず、三人に背を向けて私は森に入った。

私やサタが森に入るので、それを見たレームは、何があるのか見に行ったのか。本当に余計なことをすると、むやみに腹が立った。

廃寺の裏庭にはディンがうずくまっていた。私を見ると、体を起こして微笑んだ。

「何があったんだい」

まだ話すことはできないようだったが、話すことができても何があったか、私に説明することができたのかわからない。ディンは、ゆっくりかぶりを振って目を閉じた。

あたりをみると、血が地面にすこし垂れている。私は、足でそれを土に踏み込んだ。その横には拳銃が落ちていた。どうしようかすこし考え、数歩離れた下草のあいだに、つま先で銃把を突いて押し込んだ。銃口は、ディンの反対に向けた。

戻ると、レームはもう宿に戻されていた。彼の部屋の中に、香の匂いが満ちていた。傷にあてる晒に使われ、さらに口にまで入れられたのだから仕方ない。レームは、目を閉じて黙り込んでいる。

「時々見にきてあげてくれませんか」

ラーバ師は私にすまなそうに頼み、レームは、要らないよと、つぶやくように言った。宿にはまた3人ほど客が入っていた。みな、自前の香を使わずとも夢を見たことだろう。私も夢を見続けた。どんな経験がもとにあったとしても、夢の中では、ディンと私のことになっていた。

また、祀りが始まった。この時期だけ上の町から下りてくる寺男と取り持ち女は、向かい合わせで巡礼客に声をかけていた。

巡礼客たちを見る余裕もできると、あらためて、齢のいった男が多いのに気づいた。決まった時間だけ、客たちは仕切りの中に入れられる。うれしそうに上気した顔で出てくる者が多い。たまに、泣きながら出てくる者もいる。

杖を持った老婆が、泉のそばで、肩を落として座り込んでいた。大丈夫かと訊くと、

「死に際に、滅多なことをいうもんじゃないねえ」

とだけ言った。

いつもは誰もいないので余計に賑わって見える。何人もの人たちが、列を作って待っていたり、時に合わせ鳴らされる低音部を欠いた風弦に合わせて経を読んだりしていた。上の町との間には、絶えず人の行き来があった。

ディンは、私の言葉に答えるようになった。私が話す合間に、誰についての記憶から来たのかわからないような彼女の思い出話が挟まっていく。

毎日裏庭で、ディンを相手にとりとめなく話をする。香りは森から漂う。ディンのそばでほとんど一日ぼうっと過ごしては、宿に戻り、また夢を見る。

触れ合うための祀りの日になった。私はいそいそと、敷物を持って裏庭に出かけた。

早く来たので、まだディンは動き出していない。私は、廃寺の壁に背をつけて、すこし遠いところから見ていた。

ディンは、すこし俯いていた。遠くから風弦が聞こえる。梢がざわめいた。金の粉が漂う。ディンが、私が望んだように、私に笑いかける。

そして、低い声で唸った。近づこうとした私は、立ち止まった。

ディンの姿がすっと黒ずんだ。赤い服が獣の毛のようになり、口から牙が飛び出した。目のぎらぎらした、猿のような風貌に変わった。

私は後ろに数歩分跳ね、彼女だったものから離れた。

その前にすとんと何かが下りてきた。私よりすこし丈の低い、毛の生えた、背の曲がった生き物が、手を地面につけて直立し、ディンに向かい合っていた。ディンだったものは、そいつに吠えかかった。そいつも、私に背を向けたまま吠えた。

頭上ではあいかわらずのざわめきである。私は気づいた。

「猿か」

猿と、ディンだったものは、私に目もくれず吠え合い、猿はじりじり近づいていく。私は数歩後ろに下がって、小さな茂みに足を取られて尻から座り込んだ。

手元に何かあった。見ると、レームの落としていった拳銃が触れていた。それを拾い上げて見ていると、向かい合う猿たちの声の調子が変わった。

ディンだった猿が私を見て吠え、上からやってきた猿は私のほうに向き直った。

私は、上からやってきた猿に、拳銃を向けて、引き金を引いた。轟音。猿は私をにらみ、近づいてくる。さらに引き金を引く。轟音。当たらない。もう一度引き金を引いたが、何も起こらない。弾が切れたようだ。

私の胸ほどの猿は、私のすぐ前に立ちはだかって、大声で吠え、両手をあげた。私は拳銃を捨てた。反射のように、腰に手が行った。

猿が私に飛びつくと同時に、私は手斧を振りあげて猿の頭に打ち込んだ。猿は動きを止めた。その体から力が抜け、地面に崩れたが、私の手斧は外れずそのままで、私はその柄を握ったままだった。

私はその向こうを見た。猿の姿だったディンが、私の知るディンに戻っていた。私を、いとおしそうな顔をして見ていた。白い肌があらわになった。

私は猿の頭から手斧を抜いた。猿は倒れてゆき、頭から飛び散る血が、白い肌のディンを頭から染めた。猿になっていたディンは何の反応も示さずに、私に手を伸ばす。私は、そのままディンのところまでいって、手斧を振りあげた。

ディンはあっけにとられた表情をした。血にまみれたディンに何度も手斧を振り下ろすうちに、その姿は欠けはじめ、色は褪せていった。金色の粉が降る中、私は、ディンの姿を失った灌木が、さらに根だけ残してばらばらになるまで、手斧を振り続けた。

頭上で枝や葉の触れ合う音がした。見上げると、無数の猿が私を見下ろしていた。私はゆっくりその場を離れた。

猿たちは私に合わせて移動し、何かを投げてきた。枝や、小さな木の実、小石もあったようだ。

木の上から、そのあたりのものをちぎっては、猿たちは私にばらばらと投げ下ろし、その雨の下を、私は頭を抱えながら森から逃れた。

翌朝、宿の部屋の戸を叩く音がした。黙っていると、錠をかけていない戸が開いて、サタの声がした。

「いるかい、裏庭のあたりに血が垂れてるし、あれも根っこだけになってるからどうしたのかと思ったよ。怪我でもしたのか、あの血はなんだね、レームさんの血が残ってたのかい」

廃寺に行って、裏庭のほうも念のため見に行ったという。私は大丈夫だよと唸った。

「たまに思い余ってああする人はいるんだけど、そのあとはもう、思い出に会えなくなるんだ、ビーノさん、あれやったのなら、あんたはもう、ここにいても仕方ないよ」

なぜかうれしそうに言い、敷物は回収したよと付け加えて、去っていった。

目を閉じてまた夢を見ようと思ったが、眠れない。香の壜を見るとからからに乾いている。

下着も手拭いも汚してしまって、洗わねばならない。

私は体を起こして、宿を出た。ラーバ師が、寺から家を見渡していた。そばに行って、同じように家並みを見渡す。ラーバ師は私の顔は見なかった。

「思い出に対して、ずいぶん思い切ったことをされたようですね」

私はしばらく黙っていた。どう言っていいのかわからなかった。

「いきなり、猿に変わりまして、そこに猿が来て……」

「猿をどうしたのです」

「猿を打ち殺して、いっしょに、その、あれもつぶしてしまったので」

ラーバ師は、目を閉じてすこし俯いた。

「猿にいきなり変わったということですか」

「そうです、そこに猿が来て」

　馬鹿のように説明を繰り返す。

「やはり野良はねえ……あの植物は、自分のところにやって来るそういう性質を持つものの中で、一番強いものの相手をするのですよ。だから、ここの庭では仕切りをするし、みな中庭において誰も近づけないのです、しかし猿もあなたも運が悪い。レームさんもそうですし、放っておくと碌なことにならない」

　首を振って、

「何も残ってなかったらしいですから、猿は、仲間が引き上げていったんでしょう。また見つけられて頭の上からでかいものを当てられたら、ただでは済まないですよ。もう森には近づけません、その必要もないでしょうが」

　私は、あまりよく考えないまま、その言葉を聞いていた。

　サタは、一軒づつ、家に声をかけて回っていた。前の満月の翌日、こんなことが行われているとは知らず、私は寝ていたのだった。

「あれは何をしているのですか」

「祀りのあとですからね、声をかけて回ることになっているのですよ。今日になれば、顔ぐらい見られるんです。あの写真のお人はいないんですがね、私がそう言うのだからそこでやめておけばいいのに」

レームの話であった。ラーバ師は続ける。

「祀りのうちには、自分の思い出とのあいだに、思いも寄らないことが起こることもありますから。ほら、あなたのように」

皮肉とも嫌味とも、ただの事実の叙述ともわからないまま黙っていると、サタが戻ってきた。

「ステアさんが、返事しないよ」

「すいぶん調子も悪そうでしたからねえ」

ラーバ師は、サタといっしょに、三つほど向こうの家に向かった。私もついていく。

ラーバ師は衣の裏から大きな鍵を出した。

「みな同じなんですがね」

誰に言うともなくつぶやくのは癖のようだ。扉の錠を開けた。屋根の下を抜けると中庭がある。ディンと同じような灌木が植わっており、そのそばに、老人が倒れていた。

サタは駆け寄ってしゃがみ込み、容態を見て、ラーバ師のほうに首を振った。ラーバ師は、死者に対する印を結んでから、そちらに歩き、私は遠回しに灌木に近づいた。廃寺の裏庭以外で、灌木を見るのは初めてだった。

灌木はすこしうねった。

「お」

とサタは声を上げ、ラーバ師もこちらを見た。

灌木はディンの姿に変わろうとした。最後に見た白い体だった。私に、微笑みかけ、いきなり大きな口を開けて白い目を剥いた。そのまま灌木に戻ってしまった。

呆然としたまま私は、灌木と死体のそばの二人を、交互に眺めた。

「使わなかったってことか。だから今日まで持ったのかな、もう遅いと思うんだけど」

「ステアさんは、もともと、ずっと見ているだけの人だったんですよ」

二人は低い声で、私を見ないように話をしていた。

サタは、大きな袋を持ってきた。死体を押し込んで、担いで出ていき、いっしょにラーバ師も出ていく。戸口で灌木を眺める私にすれ違い際に言った。

「まだ、見ていたいですか」

宿からレームが見ているのに気づいた。レームは、左腕が揺れないよう押さえながら、ゆっくり歩いてやって来た。

私とは目を合わさないようにしている。彼が、私と並んで戸口から中庭を眺めると、灌木が姿を変えた。短い髪の若い女だった。レームはそのまま庭に入っていった。

若い女の姿になったものは、レームに甘えるように声をかけた。名前のようだったが、レームという名前ではなかった。

私は、宿に戻った。

すぐに風弦は仕上がった。バスが通る前日には仕組みも終わった。サタに取っ手を回してもらい、いろいろとレバーを入れては、音を確認した。問題はなく、私は仕上げを確認する和音を、いつもの順番で鳴らして、作業を終えた。ラーバ師は少し離れたところで私を見ていた。私は少し、済まないと思っていた。

「ひどい騒ぎになりました」

「今までの中で最もひどい騒ぎではありませんよ」

どんな騒ぎがあったかは訊かないことにした。

「私はもう、思い出に会うことはできないのですね」

「会いたいのですか」

「わかりません、私は思い出を失ったのではなく、とっくになくしてしまっていたものに、気づいただけと思うのです」

「あなたはもういる必要ないのですよ、この」

ラーバ師は、上目遣いにそのあたりを見回し、両手のひらを上に開け、初めて見る、軽蔑を思わせる表情で口にした。

「聖地に」

「あなたももう、会うことはできないときいたのですが」

「夢は見ますよ、今でも。ですが、私ももう、拒まれているのですよ、あなた同様」

ラーバ師は、首をすくめて答えた。

「もともとその性質(たち)でないならはじめから何も見ないのです。ですが、その性質(たち)であっても、あれを裏切れば、もう私の前に現れてくれないのです。昔の話ですよ、私は、森のそばを、このすり鉢の下まで下りていったことがあります」

「森のそばを、ですか」

「森の中は歩きにくいですからね。外は外で、足場はよくないのですがね」

「川がずっと下まであるのですか」

「森は川に沿ってできていますからね。水がすり鉢の底にたまれば大きな湖になってもおかしくないのですが、いちばん下で水は地面に吸い込まれていくだけで、そこに、流れ着いたあの実が、生えて、群落を作っていましたよ、満月が来るべき日でしてね。一面に私の思い出が、私に向かっていろいろな格好で語りかけてきましたよ」

私は、川の行く先を想像した。そして、その果てに、見るかぎり一面にディンがいて、私に向かい、語りかけ、挑発してくる有様を思い浮かべた。

和やかにラーバ師は言った。

「生きていれば、これからもいろいろなことに出会うでしょう。これから先にあなたが思い出を得られた時に、それがあなたにとってよいものであることを祈りますよ」

背負子を担いで、私は寺を出た。上の町にあがっていこうと歩き始めたところで、あの香りが後ろからの風に乗って来た。

家の陰から私の前に出てくる者がいた。ひょろっとした猫背のその男は、私に声をかけた。

「ビーノ」

私は呆気に取られた。

「……ビゴ、かい」

「調整の締めくくりにあの和音か。儂の工夫をそのまま使い続けるのは、工夫がないな」

数十年前、私に仕事を譲った時にもすでにそれなりの齢だったのだが、それほど変わらない姿で目の前にいた。

「ずいぶん時間をかけていたようだが、思い出に引っかかっていたのだろう」

「わかるのかい」

「見ればわかる」

彼は、傲然と私を見下ろした。

「香は記憶を呼び起こし、この聖地でそれが実体化される。おまえは調べることも考えることも、苦手だった。その気になれば、この聖地で、求めるものをいくらでも目の前に引き出してきて、いつまでも楽しむことはできたろうに、ゆきずりの女のことしか思い出さなかったのか、まことにありきたりだな」

それのどこが悪いのだと、言い返す気にはならなかった。ビゴは声をやわらげた。

「おそろしく狭い範囲の中で、おまえはおまえの相手をしていただけだよ。おまえは、おまえの思い出をなくした。おまえ以外の人間も生きていることにこれから気づくだろう、ずいぶん手間のかかったことだ」

後ろから肩を叩かれた。

「ビーノさん」

振り返ると、サタが、香水壜を差し出していた。

「部屋に、これが忘れてあったよ」

「これは……もう中身もなくなったので」

「お土産だ。入れておいてあげた」

サタは私に笑いかけ、開いていた蓋を閉めて私に渡し、寺に戻っていった。

向き直ると、そこにもうビゴはいない。私は、こじつけめいた説教が、この聖地に流れ着いた本物のビゴによるものなのか、何かの拍子に私の中にビゴの姿を取って生まれ出たあぶくのようなものだったのか考えながら、香水壜を背負子にしまい込んだ。そして、あらためて坂をゆっくりあがりはじめた。

世　代

二〇一九年、初稿をウェブに公開

中身からっぽのコンテナをつけた宇宙艇が通常空間にジャンプアウトし、通信可能になった。

たちまち落ちてくる各種情報の中に、気になっていた発信元があった。ムクはそれを開いて、たちまちがっくりとなった。

「ごめんよ、やっぱり産むのやめとくわ、いただいたお金は手切れ金にしとくからね」

こっちはもうそんなに若くないんだ、俺にだって待つ女と、子供がひとりくらいいたっていいだろう、と、彼は毒づいた。

本当に彼女が妊娠していたのかはわからない。数か月前にいた星の、彼のような運搬艇乗りの男で賑わう店の女だった。意気投合して数日を過ごしたのだが、彼女にとってはそうやって男を乗り換えていくのはいつものことだったはずだ。だから、こちらにしても、口説くことにためらうこともない。

自分のどこにも根がないから、待ってくれるというのなら、そこに喜んで帰っていく心の準備はいつでもあった。相手がいないだけだ。やや色黒で背は高くないが、外見にそれほどの引け目もない。ただ、三十代もなかば超えて、すでに加齢遺伝子回復注射を数度は入れた。妊娠した、どうしようか迷っていると、検査証明付きで知らせてきたので、とりあえず、共通通貨をそこそこ使いでのある額だけ送信して航宙ジャンプしたのだったが、裏目に出たのかもしれない。そろそろ自力で産むのはつらいような年齢に見えたので頼ってくるかと思ったのではあったが、その年齢だってどこまで本当なのかはわからない。かなり前にも似たようなことがあった、釣り上げるにはもうちょっと時間をかける必要があるんだろうかと、彼は意味のないことを考える。釣られたのは自分のほうだったと考えるのは嫌なのである。

宇宙艇は目的星に近づく。操縦セルには、ムクの周りに航宙イメージが張り出されている。正面に恒星が現れ、その中に黒い丸い染みが現れて大きくなる。惑星がやがて恒星の画像を完全に遮った。惑星上空を回って、昼の側からまた夜の側に回り、さらに昼の側に向けて斜めの角度で指定された座標に下りていく。

マニュアル操作は最近面倒でしなくなったが、万が一がないとは言い切れないので、ＡＩのやることを見ながら、気を抜くことはない。

発着場から駐機場に、彼は機体を移動させる。駐機場の入り口で、コンテナを、コンテナ溜りに移動させて切り離した。そのまま進む奥に、彼のものと同様の、甲虫の頭部のような形の宇宙艇が十数機並んでいる。発着場や駐機場は黄色い草原に囲まれ、草原には木立が点在し、ずっと向こうには山があった。

広く整地された駐機場のわきに、すこし大きい航宙機体に並んでバラックのような平屋がひとつある。この平屋が契約先の事業所になっているはずである。到着の手続きはすでに通信済みだが、顔は出しておかねばならない。彼は艇のハッチを開けて、簡易梯子を地面におろした。駐機場をわたって平屋の向かい側の草原には、背の高い重機が立っていた。白いというよりやや青い太陽が空にかかる。雲はほとんどない。風はゆるやかで、オゾンの匂いがする。体に悪そうだと思いながら、彼は平屋に向かう。

平屋は、柱の上に屋根があり、数か所に壁が取りつけられてあるだけで、ほとんどが外から丸見えである。中に、通販の事務所セットの、最も安いと思われる低いカウンタがあって、内側に安楽椅子が乱雑に並ぶ。カウンタに近いところでムクよりやや若い痩せた男が安楽椅子のひとつに体をあずけていた。サングラス、刈り上げた青い髪、白い肌はやや赤く、襟のないシャツに膝までのパンツ、ラフな格好である。ルールどおりに航宙用の操縦服を着たムクが屋根の下に入ると、体を起こして、やあ、と頷く。ムクは、声をかけた。

「手続きの確認頼むよ」

男は立ち上がって、手元の端末を見ながらやってきた。

「ムク、だね、最終確認するよ、ああ、俺はここの担当の、シリスです、よろしく」

互いの手の先をすこし触れさせて挨拶をかわす。

「手続きからここの調査から掘削からぜんぶやらされてるんでね」

それはなかなかに優秀だな、と思いながらそのへんを見回す。平屋の下には、カウンタのほかには何もない。実際のやりとりは通信で行われるし、端末より先の事務機能は、彼自身の航宙機体にまとめてあるのだろう。形ばかりのオフィスなのだからこれくらいのいい加減な出来でも十分なのだ。この横の、大きい機が俺の機なので、ここにいなかったらそっちに自分はいる筈だと、シリスは言った。ムクは業務を軽く確認する。

「契約では、ここの土を運ぶのだね」

「そう、稀少鉱物がかなり濃い地層があってね、長距離ジャンプで輸送してもたぶんもとが取れる。あそこで、ずっと地下の状態を調べてるところでしてね」

向かいの背の高い重機は、ボーリングのようである。

「あなたは運ぶだけだから、ちょっと待ってください。掘る連中が何人か、露出地層からいいところを集めて戻ってきたら、みんなでコンテナに詰めて飛んでもらいますので」

「手伝いは要らないのかい」

「あなたが資格を持ってるのはわかってます。でも実際にそれをあなたに依頼するとお代が上がってしまうから、こちらから頼むまでは手は出さなくてもいいです、これも契約どおりね」

念のための要員というわけか。頼んでくれたほうが稼ぎにもなるしこっちはありがたいんだけどなあ、とムクは思う。

「では、待ってたらいいのかな」

「そうですね、お楽しみ用に何かご希望のプログラムがあったらお分けするよ」

自分の機で適当に待機しろということである。食料も、おそらくそれほど在庫もなく高価いだろうから、手持ちで済ませるのがよさそうである。そう思っていると、シリスはさりげなく付け足した。

「今は日が高いからね、暗くなったら、ここで飲み物を出すよ。アミューズなんだ。お代はいただくけれど、そんなにはしない」

自分の機でとりあえず休む。操縦セルでは、飛行中を除いて寝泊まりはしない。

安全のために相互隔離可能なセルは三つあり、もうひとつのセルは緊急用の隔離空間。あとひとつのセルはなかば物置で、簡易ベッドがある。着陸状態ではここで寝泊まりする。時間潰しにゲームを含む仮想現実プログラムを遊ぶこともあるし、女性を連れ込むこともある。彼は異性愛者だからで、もちろんお代のやりとりも含めて十分な合意のうえなのだが、航宙機に連れ込まれるほどの警戒心の弱い相手はなかなかいない。

転寝（うたたね）から覚め再び機外に出ると、すでに空は暗い。足元も見づらく、平屋のあたりにぼうと灯りがともって、何人もの動く影が見えた。

屋根の下に入る。カウンタに液体の入った甕（かめ）のようなものが並んでいる。あちこちで、操縦士たちが話をしている。船に複数人乗れば契約金もあがるから、たぶんほぼ全員、単独飛行である。10人もいない。出てこない者もいるのだろう。みたところで老若入り混じり、男が多いが、女もいた。操縦着より、もっと簡単な作業着のほうが多い。くつろいだ表情で、手に椀を持っている。空間に、甘い香りとアルコールの匂いが混ざり合っている。

「来たね。あんたも飲めばいいよ。椀に自分で掬ってくれ」

カウンタそばに立つシリスの口調もくだけている。ムクは甕を見た。

「こんなものをわざわざ運んできたのかい」

「ここのものだよ」

入ったところと反対側の、建物の外から、背の高い人間型、歩行型ではなく浮遊型のロボットが、頭部を光らせ、すっと滑り込んできた。

「こいつは便利なやつでしてね」

シリスが言う、そのロボットの後ろから、ずっと背の低い、ややぽっちゃりした、女性に見えるものたちが何人か入ってきた。黄色い布をうすい茶色の体に巻き、操縦士には見えない。栓のされた球体を抱えて持っている。シリスは声をかけた。

「ありがとうよ」

「キョウハ、コンダケデ、イイノカ」

「そう、あとは適当に相手をしてやっていってくれ、いつものように」

「ソウカ」

球体をカウンタの足元に置いて、部屋の中に散らばっていく女性たちを、ムクは目で追った。

「何だね、あの女たちは」

「女じゃないよ」

シリスが言う。

「この星の連中だよ、最低限のやりとりはできるようになってる。あのロボットが毎日いっては、言葉を教えてるんだ。文化が違うから、本当に情報交換しかできないんだけど、まあそれでいいだろうさ、そして、飲み物もいただいてくる。彼らにとっての主食のひとつなんだそうだ」

知的生物がここにいるという情報は事前にはなかったというと、シリスは首をすくめた。

「現住生物として登録もされてないからね、酒を造るってだけでじゅうぶんな文明だと俺は思うけどね」

ムクのところへも椀を持って、現地女性体とでも呼ぶべき女性型生物がやってきた。ムクの胸くらいの背丈、色は白く、ずんぐりして、胸も尻も腹もでかい。顎と額はやや後退しているが、顔も含め女性にきわめて近い外見である。口を開くと、歯のようなものも見えた。

「アナタ、ノマナイノカ、ワタシハノミタイガノンデイイカ」

ここでの消費はあとで勘定されるのだろう、とんだ課金システムだと、やや感心しかけると、シリスがさりげなく付け足した。

「警戒しなくてもいいよ。酒はこいつらが無料(ただ)で持ってきてくれるんだから、俺が取るのは場所代だけだ、設備に金は要るからな」

それがふつうは高価(たか)いんだがなあと念のために値段を訊いたら、確かに、前の星の飲み屋よりよほど安かった。口をつけると、甘い当たりで、甘く喉にあたってすっと通っていくが、酒としては強そうだ。

「マダ、キョウノブンヲ、セッシュシテイナイ」

彼女、というべきなのか、その女性体は、椀を口につけて、くっとあげた。

「すごいな」

「すごくないよ」

いつのまにか横にいた、すこし若い男、おそらくこれも操縦士が口を出す。

「俺らと違って、酔っ払うわけじゃないからね。代謝が違うんだろうよ」

星が違えば生物も違う。同じものを飲み食いできるだけでも珍しいと言える。

「俺らのアミノ酸がこいつらとは似てるみたいだな。体も、似てるけどな、形だけは」

にやにやしながら言った。

「でも、結局がっかりするんだよ。やっぱりああいうもんは文化なんだ」

そのまま向こうに行ってしまった。

同職種のパーティだなと、ムクは椀を持ってすこし部屋を見渡す。知った顔はない。ムク自身が、大声で議論するのが好きな性質でもない。静かにしているのが好きなものは、自分の機内から出てこないだろう。

それでも椀はなかなか美味で、すこし頭もゆるくなった。自分も帰ろうかと椀を置いてカウンタから離れると、

「アナタ、カエルノカ」

と、現地女性体のひとりがやって来た。

「デハ、ワタシガイッショニイッタライイカ」

ムクは、シリスに、何を言っているのかわからないという顔を向ける。

「ああ、そうしたがる男がちょこちょこいるから自分から言うようになったんだ、結構、試した男は多いんじゃないか。女はわからんが」

ことなげにシリスは続ける。

「体が似てるから、いっぺんヤってみたらおもしろいよ。こいつらにはセックスなんてものがないから、何をやっても何の意味もないんだ。木の洞とやるようなもんだ」

どういうたとえかわからない。

「そういう文化なんだろうよ、いろいろとしてくれるんだ、食い物もくれる、言葉も覚えてくれる、体も提供してくれる、いいかね、こいつらとヤるのはセックスじゃない。罪もなければ恥もない。わきの下に突っ込むようなもんだ」

「この星の男はどうしてるんだ」

「男なんて、いないんだ」

ああ、そうなのか、と、ムクは理解した。この女性体は形態が自分たちから見て女性なだけで、単性生物なのだ。

「だから、こいつらは男性のカウンターパートとしての女性じゃない。単にそれに似た生き物なだけだ」

そう言って、シリスは、うす暗い中、また安楽椅子に座り込んだ。向こうには女性操縦士らしい二人が、椀を手にして話し合っていたが、こちらを振り向きもしなかった。

女性体はしばらくムクを見ていたが、相手する素振りがないので去った。

結局、ムクはひとりで自分の船に戻った。飲み屋から好みの相手を連れ出すのはわかる。しかし、堂々と自慰装置を持って帰る気にはまだなれない。

簡易ベッドで、ゆるめた作業着のままずっと寝ている。酔いは醒めているが、コンテナ詰め作業開始の連絡がなければやることはない。

仮想空間相手に遊ぶ気分でもなく目を閉じていると、艇がすこし揺れた。防振システムは切られている。特に問題になる揺れではなかったし、センサーでもそれは確認したが、ムクは起き上がってハッチを開けた。

ここは地球より自転がやや遅く、朝はまだ来ていない。空には星、一方の地平線がわずかに白い。ゆるい風があいかわらず吹いている。

並んだ宇宙艇をハッチから眺め、簡易梯子で地上に降りる。足元は暗い。宴会をやっていた平屋は、灯りがひとつ点いているだけである。何人かが安楽椅子に寝そべっている。あちこちでからみ合って寝ているようにも見えたが、どういう組み合わせかはわからない。数人の背の低い影が平屋から出てくる。現地女性体のようである。いくつかの艇のハッチを開けて、女性体が飛び降りる。見かけより俊敏なようだ。

彼女らはゆっくり山から遠い草原に向かう。駐機場に、山側の草原の中から女性体が何人も現れ、平屋の裏に向かっている。

山のほうから、唸るような甲高い声が聞こえ、女性体たちは草原に入り込んでいく。甲高い声は続く。女性体の姿も見えなくなったままの草原を見ているうちに、背後の地平線がどんどん白く広がり、空の星が消えていく。草原から再び女性体たちが、ばらばらと立ち上がっては、現れる。こんどはみな山に向かうようである。黄色い衣をまとって、ゆっくり歩く。中に、白く丸いものを抱える者もいる。

空が青くなり星が消え、この星の太陽が出るころには、女性体たちはすっかり山の方に消えてしまっていた。平屋から、ぶうんと低い音を立てて、浮遊型のロボットが出てきた。ふわふわと、やはり山に向かい、駐機場の端の、草分け道から入り込んでいった。

甲高い声はすっと消えた。しばらくして、あちこちで低く喋るような音がした。その音も、風の音に紛れるように小さくなっていった。

地面がまた揺れた。

昼前に、シリスから通信が入った。

「掘削のほうで、交代希望が出てるんだけれど、入ってもらえませんか。契約切り替えるので」

無理に丁寧語を混ぜたような口調である。ムクは、承知したと返した。

思いのほか作業が長くなっていて、話が違うと、一定以上の作業に出ないものが出ていると説明された。駐機場から発着場の隅へ宇宙艇を移動させて、山の反対側の草原の上を、指定座標まで低い高度で移動した。海まではまだ遠い。

指定地点には大きい孔が明いていた。そばに数台の掘削機体がある。指定の機体に宇宙艇をヘッドとして数か所のパイプで繋いでしまえば、そのまま作業ができる。甲虫の頭部の下に、四角い手足がついた形である。

掘削計画が、操縦セルの彼の目の前にふわっと現れた。

「ずいぶん実際とはずれてないか」

「純度の高いところを狙っていくとちょっとずれてしまうんだ」

こちらを仕切っているのもシリスであった。遠隔であれもこれも大変だなと、受け持ち区域をもらって、孔を拡げる作業を始めた。横からこちらの機体番号を呼ぶ機体がある。

「そのへんはまた明くから気を付けたほうがいいぞ」

何が明くんだいと訊きながら地面を掘り込むと、いきなり赤い水が噴き出した。

「ほら、出た」

「どうするんだこれ」

「置いとけば止まる。そこはもう、そこまでにしておいたほうがいいな。土が重くなったら困る」

すこしずらしたところから作業を再開する。また水が出た。

「何だよこれは」

「地下にそういう水脈が走り回ってるんだ。おかげで作業がなかなか進まない」

声をかけてきた機体は、自分の作業に戻る。

場所を変えてあたらしく孔を明けてみると、下に空間があり、やはりそこには赤い水がたまっていた。ムクの明けた孔から射し込む光の中に、一体の現地女性体が、赤い水の中を泳ぐように現れ、何かを抱え込んで、陰の中に泳ぎ込んでいった。

あいつらもこの中にいるのか。これは迂闊に孔をあけられないなと、ムクは、場所を変えながら掘削を繰り返したが、予定の工程は終わらなかった。

今のところ、コンテナ半分ちょっと程度の採掘量だった。

朝の空は白かったが、夕暮れの空も黄色い程度である。焼けるように赤くはならない。

平屋には明かりが点いている。カウンタにはすでに甕が並んでいた。

「さっき声をかけたのは俺だよ」

ムクとあまり歳の違わない、恰幅のいい、垂れ目の男が椀を持った。着たきりらしい操縦服はややあたらしい。ソワと名乗った。

「作業が進まないのは困るよな。長いと取り分が結局減ることになる」

ムクも椀を手にした。

「はじめての場所だからわからんのだけれど、この現場は、いつごろからあるんだい」

「まだ長くないよ。俺は2回めだが、前からあのシリスが仕切ってる」

カウンタのほうに目をやるソワに、ムクは訊いた。

「孔の中にこの星のやつらがいたな、どこを掘ってもそうなのかい」

「あちこち、いるんだ。水の中でばちゃばちゃやってる」

作業の結果住民に何かあった場合、知的生命体として登録されていれば、大問題になるはずである。

「それが面倒だから、登録しないんだろうな、商売ってのはそういうもんだが」

ソワは肩をすくめる。

「シリスも、ずいぶんモードが変わったもんだ。前の時は、あちこち調べたり、連中のところに出かけていったりする余裕もあったんだが、もう連中の相手はロボットにまかせっきりで、採掘優先でやってる。それが仕事だからといえばそうなんだが、この事業にしたって、もとが取れるかどうかもわからないものに投資するのも考えもんだ」

なぜか上からの目線である。

すこし遠くから眺めると、シリスは椀を持ったまま、にやにや笑いを浮かべて安楽椅子に寝そべっている。地面がすこし揺れた。

「もうちょっと揺れるかと思ったんだが」

ソワはつぶやいた。ここまでの会話でお互いの性的嗜好の確認が出ないので、ソワは同性愛者ではないのだろうと、ムクは思った。

ロボットが、また、現地女性体を数人引き連れてやってきた。あとは昨夜と同様である。

ムクは翌日の朝番採掘を引き受け、数杯飲んで、機体に引き上げた。


翌朝は、思ったより採掘が進んだ。

昼ごろ駐機場に帰還する。誰もいなくなっている平屋の裏からムクは草原を眺めた。平たいようで、あちこちに出たところや、窪地があるようだ。

近くで草が音を立てて不自然に揺れた。野生動物がいるのか訊いておくべきだったと思いながらそちらを見ると、草の根元から整地されたところに、這い出してくるものがいる。

裸のネズミのようなうす桃色で、人間の子供よりすこし小さい程度、形も人間の子供に見える。まったくの無毛で、全身がてらてらぬめっている。そいつは、現地女性体と似た顔をして、こちらを見上げ、すこし高い声でつぶやくように声を出した。

「ありゃあ」

いつのまにか後ろにきていたシリスが声をあげた。

「ここまで来るか。地面にまた穴でも明いたかな」

「何だいこいつは」

「ここの子供だよ。子供というのかね、幼生個体というのか」

シリスが立てそうもない子供から目を離さずに、まったく丁寧語を交えずに話す。

「基本的には出てこないはずなんだよ。たまに出てきたがるのがいるんだが、連中見張ってるんだけどな、こないだから地面が揺れてるから、近くにあたらしい穴ができてるんじゃないかな」

「どうするんだ、こいつ」

「放っておいていいよ。連中が、気づいたら連れに来る、ふつうは昼、この光の下には出てこないんだ。あまり長いと死ぬ」

ムクはシリスの顔を見た。

「気にするんだったら誰か呼んできてやればいい。そいつ、持たないかもしれないよ」

ムクは、あわててその子供に寄っていく。子供はもう声を出さない。頭をもたげるのもやめ、肩で息をして、目を閉じた。首筋には鰓(えら)のようなものもあるが、機能しているようには見えない。

両手に子供をのせて持ち上げる。軽い。そのまま、来たらしいほうに草を分け入っていくと、すぐにぽっこりと穴が明いていた。こちらから斜めに崩れて、奥から湿気の強い空気が漂い出てくる。ムクは、左手だけでぐったりした子供を抱えた。ぬるぬるして袖も濡れる。腰のストックから折り畳みのヘッドカバーを出して頭にかぶり、前照灯を点けて、屈まねば入れない斜面をずるずると入り込んでいく。先は暗い。明かりを振りながら10メートルほど入ったところで、赤い水面があった。

そこは、地底の、池のようである。照らしても暗い中、あちこちに土壁が立って、低い天井の下で、隣接する池に繋がっていくようだった。その向こうにはまた穴があるのか、外光が入り込んでいるように見えた。

奥のほうまでちらちらと前照灯の明かりを射し入れると、足元に、ムクが抱えるのと同様の裸の子供たちが泳いで、数人群がってきた。水がはねる。さらにそこに、腰まで水に浸かって、数人の現地女性体が、ざばざばと歩いてやってきた。黄色い衣をまとい、平屋で見た連中に比べてたるみもなくより細くて姿勢もよく、地球の若い女として通用しそうだ。

そのひとりが黙ってムクから子供を受け取り、赤い水に浸す。ほかの女性体は、水の中でうねる子供らに何か言ってきかせる。子供らはすっと体を引いて、どこかへ泳いでいったがひとりだけは水からなかば体をあげて、水に浸された子供をやや遠くから見ていた。

浸された子供は、じっとしている。女性体数人も、それをじっと囲んでいる。

ムクは、しばらくそこにいたが、何ができるようにも思えなかったので、土の斜面を外へ這い出した。

平屋に戻ると、シリスは立ったまま端末相手にやりとりをしている。ムクがヘッドカバーを折りたたんで腰にしまい込んだところで、シリスは端末をカウンタに置いて天井を仰いで大きく呻き、安楽椅子に座り込んだ。

そして、ムクに顔を向けた。

「帰してやったのかい」

「穴があって、奥に地底湖だか池だかがあって、大人っていうのか、迎えに来た。あの子供を、赤い水に浸け込んでいたが、それで何かいいことあるのかい」

「簡単な分析はしてみたけど、生体に対する影響なんて、それだけじゃわからないよ、その生体の性質もわからなきゃ解析不能だ。でも、元気がないのを漬け込んだのなら、そのまま死ぬか、それでよくなるか、じゃないか」

「あいつらはあんなところに住んでるのか」

「半分がね。まあ、どうでもいいじゃないか」

そう言ったのに黙っているのが苦手なのだろう、シリスは、訊かれもしないのにまた口を開いた。

「子供型の幼生個体と、成人型にわかれるんだ、幼生個体のほうは地下の、湖だか池だか、あそこでしか育たないんだ。成人型はどこにでもいるけれど、卵は地下に産む。そこから幼生が生まれる。泳ぎ回って育って、水からあがる。それでも地下だ。幼生、子供型だな、そのまま大きくはならないし、体そのものが成人型と違う。遺伝物質も少ない。二種類いるみたいだがよくわからないし、育つ経過もよくわからないのだけど、蛹だか繭みたいな丸い白い固まったものになるんだよ。すると連中、それを山のほうに持っていく。その蛹から、成人型、あの女たちが出てくるんだ。蛹から出た時からもう女の子みたいだよ。あの生き物たち、ふくらんだ胸のところからは、子供型を育てる乳みたいなものも出るんだぜ。ここにきた操縦士の男たちが面白がって自分の「もの」を突っ込むのは産卵管さ。ま、ここに酒を持ってやって来る成人型は、もうほとんど卵を産み終えた連中ばかりだ、たるんでるだろう、あの黄色い衣に至ってはどこで作ってどういう機能があるのかもわからん、保湿に使ってるのかもしれない」

「ほかにどんな動物がいるんだ、この星には」

「いないんだ。あいつらが唯一の動物で、それが唯一の生態系なんだ。なかなか面白いから、仕事しながら片手間にフィールドワークでもできるかと思ってこの仕事に入ったんだけどね、知的生物登録以前に、まず生物圏としての登録がぜんぶ会社に邪魔されて、どうにもならないんだよ。こういう話だってあまりしちゃいけないいんだ。たまに会社の回しもんもやって来るが、あんたは違うよな。そういうやつは子供を助けたりしない」

「あんたは、研究する人なのか」

「なかなか行先がなくてね」

シリスは首を振る。

「先に主題があれば、あとから成果はついてくると思ったんだが、がちがちの契約で縛られて、発表どころか身動きが取れない、いいところまでまとまってるっていうのに」

　黙って聞いていると、また首を振った。

「こうやって、あちこちで宝の山が潰されていくんだ」

　シリスは、唸るように続ける。

「あの恒星、ここの太陽は、ずっと遠くから観測するのとここで見るのは、ずいぶん性質が変わっているんだ。数十万光年先から見て違うということは、数十万年前には今と全然違ったということだ。その時はもっと穏やかな星だった。今の太陽風は、かなりきついんだ。で、ここの子供型、幼生はひ弱で、地表に出てこれなくなったんだと思う。それでも数十万年では完全に性質は変わらないから、時々ああやって、外に出てこようとする個体があるようなんだ。ふだんは成人型がいっしょにいるから大丈夫だが、どっかで地面にいきなり穴が明くと、そこから出てくる。そんな生物がいつまで存続できると思う？」

　いろんな視点からこの惑星と生物を解析してきたのだろう。それを世に出せないのだから、無念なのはよくわかった。

「あいつらは、ここの、唯一種、絶対動物なんだ。いつからそうなのかは知らない。どうやってそうなったのかもわからないが、蛹の期間が鍵なんじゃないかと思う。地下から山に運ばれた蛹は、そのうち動く時期がある。動き始めるとそこで出会ういろんなものを吸収して自分の栄養に取り込んでしまう。お互いにすら吸収し合おうとする。弱い個体は干からびる。だから結局ほとんどが消える。たぶん似たような生き物ばかりで、お互い食い合って、最後の形がああなんだろう。それが人間に結構似てるから面白いじゃないか。この楽園は豊富な植物と栄養豊かな地下の海と、女たちだけでできてるのさ。アダムのいないイブたちだ」

一気に喋り続けて、大きく息を吸い込んだ。すこし落ち着いたようである。

「こんな単純な生態系が、ひ弱じゃないわけがない。幼生がお日様の下に出られないんだ。どこかで何かおかしくなればあっという間に、いつなくなるかもわからない。滅びる楽園を見ながら、こうやって酒を飲んで暮らすわけだ」

「そりゃ、やけくそだな」

「やけくそなのはこの星の連中だよ。やつらは地下湖に出かけては、入れ代わり立ち代わり、やけくそのように卵を産み、子供を育てては蛹を山に運んでる。育ちあがるのはごく一部だ。山には近寄るな。蛹だらけだ。軟体化した時期の蛹は何でも食うから近づいてはいけない、入れるのはロボットだけだ」

ムクは黙って見ていた。シリスはそのまま平屋から出ていった。

その日の作業が終わった時点で、本社から、全機対象通信で、契約内容の変更が告げられた。ここまでの採掘量でいいから、それをコンテナに固形化して詰めて運べということである。

それぞれのコンテナに八割ほどになる。途中でロストするリスクを勘案して、空コンテナは作らない。荷下ろしを順次行うため、五台ずつまとめて二時間ごとに到着するようジャンプを調整する。惑星の向きと効率から、出発は作業終了翌日の早朝に設定された。

翌日は、それぞれの機がコンテナを運んでは、採掘したものを詰め込んでいく。コンテナの中は固定剤で固めてしまい、そのまま航宙機に繋いで、つぎつぎと駐機場に移動してきた。コンテナより航宙機のほうが多い。余った航宙機には掘削機が繋がれている。

そしてまた、黄色い夕暮れになる。平屋に居る面子はあまりかわらないようだ。

「掘削機まで引き上げるんだろうか。こちらに引き上げてきてあるが」

ムクは、駐機場と奥の掘削機を見ながら、ソワにつぶやいた。ソワは、右眉を上げ、首を振った。

「ありゃ、高価いもんだからな」

安楽椅子に座り込んで、シリスの飲むペースは速い。時々わざとらしく笑う。地面が揺れて、誰かが声をあげた。

「飛べるんだろうな、揺れて飛べなきゃ困るぜ」

「大丈夫だよ」

シリスは大声で答えた。

「同じように自分も揺れればいいのさ」

軽い笑いがすこし起こっただけだった。ソワがさりげなくシリスを観察する気配である。

ロボットが、今夜も、現地女性体を引き連れてやってきた。

「今日で最後か」

と誰かが言う。

「そう、最後なんだ」

シリスが答えた。

暗い外から、屋根の下にゆっくり何かが入ってきた。背が低いので誰も気づかないが、成人型の現地女性体でも、この平屋で今まで見たものと違う。地下で見たように、ずっと細い。肌はうす茶色をさらにうすくして、ほんのり赤い。その後ろにもっと小さい、うす桃色の子供型がついてきている。どちらも黄色い衣をまとうが、子供型のほうは、不慣れな感じで衣の端を床に引きずっている。

二人はゆっくり、立ったまま椀をするムクのところまでやってきた。ムクの胸よりも低い成人型と、腰あたりまでしかない子供型がすぐそばで見あげているのに気づいて、ムクは、おうと、小さく声を上げた。

成人型は、甲高い声で、

「コノコドモヲ、アナタハ、ハコンダ」

と言った。つまりあの時の子供なのだろう。この光景に気づいた者たちから沈黙が広がっていった。静かな中、成人型の女性体は続けた。

「コノコドモヲ、ツレテイクカ」

「どういうことなんだ」

ムクは顔をあげた。シリスが近くに来ていた。

「助けてやったんだろう。文化が違うから何ともわからんが、あんたに、その子供についての決定権があるということじゃないか、人間風に考えればな」

「そういわれてもな」

ムクは、腰をゆっくり落として、今までの現地女性体に比べ格段に若く見えるこの成人型と顔の高さを合わせた。

「この子供は、連れて帰ればいい。俺に、いや、私についてくる必要はない」

「ソウカ」

若い現地女性体は、甲高い声で子供型に話しかける。子供型はやはり甲高い声でそれに応じ、ムクの膝にやってきて、すがりついた。

「イクトイッテル、ソトニデタイトイッテル」

「どうなんだ」

シリスは、ゆっくり言う。

「宇宙には耐えられんだろうけどなあ、穴から逃げるくらいだから、とっととどこかに行ってしまいたいんだろうが」

「体が持たない、そうだ」

ゆっくり語りかけるムクに成人型の現地女性体は、ソウカ、と答えたが、子供型は動こうとしない。そこにもう一体、衣も付けない子供型が駆け込んできた。

ムクの膝にかじりついた子供型は小さい声をあげ、逃げようとしたが、駆け込んできた子供型はそのまま衣の上からすがりついた。二体はそのまま倒れた。

ムクも、ほかの操縦士たちも、シリスも、呆気に取られてそれを見ている。

抱きつかれた子供型は手足が突っ張っていたが、見るからに力が抜けていき、ふたつの体の間隙が曖昧になっていく。

「こうなるのか」

シリスが声を上げた。

「これだけは見られなかったんだ」

そして、操縦士たちに、声を張り上げた。

「すまないもう終わりだ。今日は無料だ。持って帰ればいい。自分のところで好きに飲んでくれ」

何が何だかわからない展開に、操縦士たちは、男も女も首をかしげて、平屋からぞろぞろ出ていった。融合した子供型二体は、その形を失い、白い塊になりつつあった。ムクと、現地女性体たちがそれを見ている。

「何があったんだ」

「ニゲテイタ」

「何を逃げていたんだ」

若い成人型が答えた。

「ズットニゲテイタノデ、ココマデキタ」

「何を逃げていたんだ」

「ココハバショガチガウ、ココデコレガオコッテハイケナイ」

「そこを問題にするのか」

シリスが感心したように言った。

「今のはな」

声を低める。

「交配したんだよ、ふたつの子供型がくっついてひとつの蛹になったんだ。たぶんそういうことと思ったんだよ。子供型の遺伝物質の量が成人型の半分だからな、どっかで倍にならなきゃいけない。環境の異状に子供型が弱いのもそのせいだ。おまえのところにきた子供は、交配から逃げ回って、ここからも逃げようとして、結局つかまったんだろう。交配はたぶん、俺たちの立ち入れないところで起こっていると想像していた。見ることのできなかったものを、最後の最後に見られた。すばらしい」

無暗(むやみ)に感動するシリスは、ムクに顔を向けた。

「なあ、あの子供は逃げたがっていた、その蛹はその子供のつぎの世代だ。頼まれたあんたが連れていってやってくれないか、この星は生物登録さえされていないから持ち出しても何の問題もない、もうこの星もなくなるのだからせめてそいつを」

「おい」

外の暗がりから、ソワがゆっくり入ってきた。

「そいつは守秘義務に反する」

「やっぱりあんただったね」

カウンタの上の椀を手に取って、シリスは口につけ、喉を鳴らして飲んだ。

「これがもう飲めなくなるなんてな」

「この時点から、本社の契約代行者は俺になった」

ソワは、手元の端末を操作する。ムクに、顔も向けずに言った。

「あんたは船に戻れ」

「いったいどうなってるんだ」

「知る必要はないさ。明日は予定どおりにみな順番に飛んでもらう」

平屋から現地女性体たちは消えていた。酒を勧めるべき客はもういないし、逃げたがる子供型はもうひとりと融合していつのまにか白い球形の蛹に固まってしまった。ここにそれを置いていったのは、その形で連れていけということなのかもしれない。しかし、そう勝手に決められても困るのだ。


自分の機体に戻ったムクに、通信が入っていた。珍しいことに直接通信である。ほぼすべてテキストレベルなのだが、でかいノートが添付されている。とりあえず、本文だけ解凍してみた。シリスからであった。

「権限を奪われて、ネットワークも使えないし、外とのやりとりができない。ついては、自分の作ってきた、この星についてのまとめをあんたに託したい」

なんで俺にそんなことを、と、ムクは思う。

「ボーリングといっていたものは、この星をばらばらにしてしまう高周波ボムだ。じわじわ発動していて、地震はそのためだ。プログラムを細工して、引き延ばしていたが、さっき、もとに戻されてしまった。明日出発後本格発動する。重力があるから実際にはばらばらにならないが、この星の生命体はたぶんすべてなくなる。生命体がなくなってからゆっくり資源回収しようというのが本社の意向だ。あんたは、あの蛹を連れていってやってくれないか。この星の唯一の生き残りになるかもしれない。

この星のデータのこともあって、会社側が俺を面倒に思っているのは知っている。共用回線にはもう触れないし、どさくさで何をされるかわからないから、今まで出すことのできなかったこのデータを、蛹といっしょに持っておいてほしい。今日の分の情報も入れてある。育ったら自分について教えてやってくれ。理解できるよう生育するかわからないが、知能はあるはずだ。

交配してできた蛹はしばらくは無反応だから、今なら触ることもできる。そのうち一度やわらかくなり、貪食能があがるようだが、交配してからの時間がはっきり今までわからなかった。それも測って、データに加えてくれたらうれしい。どうしてもわからなかった部分なので」

ここに至ってなぜデータの完全性を求めるのか、とすこし呆れる。

「ソワのやつは馬鹿で単純にボムの動作を戻しただけだが、ゆっくり動かしてきた分に今からの動きがいきなり上乗せされることになって、プロセスが明日を待たずに一気に進むかもしれない、気を付けること」

「おう」

思わず声を出した。ほかの連中はどうするのだ。それよりも、と、急いでハッチを開ける。なぜ、頼まれたとおりに自分がしようとしているのか、わからなかった。一度助けてしまったのがいけなかったのだろう。地面が揺れた。

平屋には、ひと抱えほどの大きさの白く丸い蛹がそのまま転がっている。子供型の引っかけていた黄色い衣が床に落ちて砂にまみれている。カウンタには甕とまだ酒の入った椀が並んでいる。口を付けていない椀の中身を飲み干した。また地面が揺れた。頻度が上がっている。

黄色い衣を、表面がざらざらしてすこし弾力のある蛹に巻いて持ち上げた。簡易梯子を上がるのは難しく、梯子ごと引き上げさせ、機内に入る。

蛹を安全用隔離セルに放り込んでハッチを閉めた。ゆっくり静かに宇宙艇を動かしはじめる。駐機場から直接飛ぶのは、周囲の機体に抵触しそうでちょっと怖い。

「何をしてるんだ」

ソワから通信が入った。

「すまん、明日は初めに飛ぶ組に入れてくれ。今のうちに機体を動かしておくから」

機体を動かし続け、コンテナに接続した。ソワが何度かその必要はないと通信してきたが、すべて無視した。そして、ほかのパイロットたちに、地殻変動があるかもしれないから自分はすぐに飛べるよう準備している、とやはり直接通信を送った。

通信はそのあと、すべて妨害で遮断された。ビューワで外界を観察していると、シリスが、自分の船から出てくるのが見えた。ほかの機体のあいだからなのでよくわからない。平屋に向かっている。ソワがあとについて、怒鳴り合っている。

観察倍率をあげた。シリスは、見通しのいい平屋で、床から酒の詰まった球を持ち上げて、直接口をつけて流し込むように中身を飲んだ。そしてまた、にやにや笑いながらソワに何か話している。見ているうちにまた地面が揺れる。シリスは平屋を出て、自分の航宙機に向かい、手を挙げた。

たちまち、その船の周りにイルミネーションがともった。お祝いのためによく見るもので賑やかである。ソワは唖然としてそれを眺め、再びシリスに何か言っている。シリスは相手せず、今度はこちらに向かってゆっくり手を挙げた。

大きく地面が揺れて、画面から二人が外れてしまった。あちこちの機体が起動された。外側の安全照明がつぎつぎ点灯されるのでわかる。そこから、ほかにもコンテナに向かう義理堅い船もあるが、直接発着場に向かおうとする船もある。

コンテナごと宇宙艇を発着場に移動し終えたムクは、すぐに、推進系統を本格作動させた。

時間としてはもう朝といえるのか、目の下に、惑星は、ぶよぶよと浮かんでいた。網目のように亀裂が入り、ところどころで稲光が走る。高周波ボムが本格起動し、あの生き物たちはもう生きてはいないだろう。

それまでにすでに大地が揺れ続け、飛べなかった船、ぶつかりあって落ちてしまった船もあり、ほぼ半数が失われたようだ。シリスも、ソワも、いる気配がない。コンテナを繋いだ宇宙艇は数機程度のようである。

船団ともいえないものが周回軌道にのって、とりあえず操縦士同士で通信している。この仕事の支払いはどうなるんだ、俺はコンテナを積んでない、どうみても運べなかったのは仕方ないだろう、何も持たないのにわざわざ指定された場所まで行ってやらなくちゃいけないのか、補償をよこせ、などとやりあっている。

こうなった以上揃ってぞろぞろ行く必要はない。ムクは周回軌道から離脱し、ジャンプした。

そして、持ち込んだ生物のことを考えた。蛹がどうにかしてあの女性体になるのなら、育てなければいけない。どう育つものか、どう育てるものかもわからない。人間を育てるように育てても、そうなるだけの能力があるのか、知能のシステムがそれを受け付けるのかもわからない。会話はできていたので、期待するしかない。

昔、妊娠したと言われて、調子に乗って子供を育てることにかかわるアプリを落としてきてあったものを、あらためて解凍して船のＡＩシステムに放り込んだ。参考にできるよう、シリスからもらったデータも開示した。

この船は、寝たきりになっても、救難信号を出しながら乗員の面倒を見てくれる各種の機構は標準装備している。自分の手に余っても何とかなるか、と期待しながら、ちょっと様子を見ようと、隔離セルのハッチを開けた。

軟体化した蛹が、いきなり右足に飛びついてきた。

はじめ、ムクは、なんとか引きはがせるだろうと思った。しかし、蛹はゆるめた作業服のあいだから入り込んで右足を包み込み、じわじわ上がろうとしてきている。向こう側に突き出た足先が、変な方向に曲がって、軟体に引き込まれていってはじめてムクは状況を理解した。

いま、蛹に自分は食われつつあるのである。こんなに早く起こるとは思わなかった。

痛みはない。神経に何かを作用させているのだろう。左足で跳ねながら、操縦席に戻る。ムクは、自分の資産の処理や、蛹から生まれるだろう人間型の生き物を人間扱いさせるための法的届け出について、ＡＩに入力させた。そして、宇宙艇のジャンプ離脱を、元の目的地への半分の距離にセットし直した。目の前にコンテナがやって来て、本社の連中が黙って見逃すはずがない。

操縦室内のビームがこちらを狙っているのがわかった。彼は、ＡＩに命じた。

「防御態勢解除だ、これは敵ではない。育ててやれ」

こんな終わり方をするとは思わなかったよ、あとは元気で育て、ムクは、腰を覆い、胸に上がってくる軟体に、そう語りかけた。

心臓に達してもすぐに意識はなくならない。しかし、血流が減少するとともに目の前が暗くなっていった。そのまま、ムクは、蛹に完全に吸収された。

たっぷり栄養を取り込んだ蛹は、そのままま た、繭のように丸く白く、硬くなっていった。

救難信号を出しながら通常空間で亜光速飛行する宇宙艇が、遠宇宙で見つかった。通報があったので、その宙域の管理代行社の、救命設備も持った警備船が、通常周回コースからすこし外れて確認することになった。

「数年前のものですよ、ここよりもっと深いところで、惑星ひとつぶっつぶした会社があって、船がたくさん行方不明になったんですがね」

警備船では、データベースを見ながら、若い男が年輩の男に説明している。

「そこのコンテナ引っかけています。こちらからの通信に対しては、船体のＡＩが、乗組員は一人、操縦能力なしと応答してきます」

「いきなり寝たきりにでもなったのか、それにしても緊急避難先の設定ぐらいするもんだが」

「ちなみに、その会社ですが、資金回収に失敗して、知的生物虐待の疑いも出て、引き取り手もなく解体してますよ。惑星もつぶされてそれっきりです」

ひどい話だな、と言いながら、年輩の男は警備船を操って、コンテナを引く宇宙艇に接近した。救護機能のシグナルを出して、船を横並びにして通路を繫ぎ、若い男が入っていった。

ＡＩに導かれて操縦セルに入ると、ぶかぶかの作業服の上に黄色い衣を巻き付けた、背の低い、顎と額のやや未発達な女の子が立っていた。頰がすこし赤い。瞬きもせず、じっとこちらを見ている。

「やあ、わかるかい」

若い男は話しかけながら、この船のＡＩに情報を求めた。そして、年輩の男に通信した。

「このコひとりですね。法的地位は確認しましたが、生物種は不明になってますよ、そんなことあるのかな。そのうえ結構な財産持ちですよ、保護機構にとりあえず船ごとひき取ってもらうしかないでしょうが」

「ここから出るの？」

女の子が、いきなりやや高い声で話しかけた。若い男は驚いたが、頷いて答えた。

「そう、助けに来たんだ。この船でとりあえず近い星まで行こう」

女の子は黙って若い男を見上げた。男は警備船に、船は分離させて待機、作動の確認ができたら協調ジャンプしますと連絡し、手元の端末とこちらの船のＡＩとで、やりとりさせ続けた。

操縦セルに空間画像が広がった。星が前面に光っている。女の子はそれを指した。

「これは外？」

「そうだな、外はこうなっている、と言うか、俺たちはこの中にいるんだ」

「私たちはもう、外にいるということ」

面倒な会話だなと思いながら、男は女の子をちらっと見た。

女の子は、今生まれたような顔をして、目の前の星を、じっと見つめていた。

〈著者紹介〉
真伏博士（まぶせ ひろし）
過去の出版作「友人の死」中公文庫「パスカルへの道」に収載（植田良樹名義）。「映像集団 AUGENBLICKE」にて自主製作映画多数「表現主義者の跳梁」など。
Web 上作品でのペンネームは「宿禰」。

黄昏の星

2023 年 12 月 22 日　第 1 刷発行

著　者　　真伏博士
発行人　　久保田貴幸

発行元　　株式会社 幻冬舎メディアコンサルティング
〒151-0051　東京都渋谷区千駄ヶ谷4-9-7
電話　03-5411-6440（編集）

発売元　　株式会社 幻冬舎
〒151-0051　東京都渋谷区千駄ヶ谷4-9-7
電話　03-5411-6222（営業）

印刷・製本　中央精版印刷株式会社
装　丁　　弓田和則

検印廃止
©HIROSHI MABUSE, GENTOSHA MEDIA CONSULTING 2023
Printed in Japan
ISBN 978-4-344-69006-6 C0093
幻冬舎メディアコンサルティングＨＰ
https://www.gentosha-mc.com/

※落丁本、乱丁本は購入書店を明記のうえ、小社宛にお送りください。
送料小社負担にてお取替えいたします。
※本書の一部あるいは全部を、著作者の承諾を得ずに無断で複写・複製することは禁じられています。
定価はカバーに表示してあります。